Neue Bühne 30

ドイツ現代戯曲選⑦
N e u e B ü h n e

norway.today

Igor Bauersima

Ronsosha

ノルウェイ・トゥデイ

イーゴル・バウアージーマ

萩原健［訳］

ドイツ現代戯曲選 7

Neue Bühne

論創社

norway.today
by Igor Bauersima

This translation was sponsored by Goethe-Institut.

GOETHE-INSTITUT

「ドイツ現代戯曲選 30」の刊行はゲーテ・インスティトゥートの助成を受けています。

(photo ©Sonja Rothweiler)

集委員◉池田信雄／谷川道子／寺尾格／初見基／平田栄一朗

Krieg. Lustspiel ¶ Igor Bauersima norway.today ¶ Fritz Kater zeit zu lieben zeit zu sterben ¶ Elfriede Jelinek Macht nichts ¶ Peter Handke Die Stunde, da wir nichts voneinander wußten ¶ Einar
okke Die Alphabeten ¶ Franz Xaver Kroetz Der Drang ¶ John von Düffel Balkonszenen ¶ Heiner Müller Der Auftrag ¶ Herbert Achternbusch Der Stiefel und sein Socken ¶ Volker Braun Iphig-
oldberg-Variationen ¶ Dea Loher Tätowierung ¶ Thomas Bernhard Heldenplatz ¶ Elfriede Jelinek Raststätte oder Sie machens alle ¶ Rainer Werner Fassbinder Der Müll, die Stadt und der Tod

目次

norway.today

Wouldn't it be nice if we were older
Then we wouldn't have to wait so long
And wouldn't it be nice to live together
In the kind of world where we belong
You know its gonna make it that much better
When we can say goodnight and stay together
Wouldn't it be nice if we could wake up
In the morning when the day is new
And after having spent the day together
Hold each other close the whole night through
Happy times together we've been spending
I wish that every kiss was neverending
Wouldn't it be nice
Maybe if we think and wish and hope and pray
it might come true

Baby then there wouldn't be a single thing we couldn't do
We could be married
And then we'd be happy
Wouldn't it be nice
You know it seems the more we talk about it
It only makes it worse to live without it
But let's talk about it
Wouldn't it be nice
Good night my baby
Sleep tight my baby ★1

空気は、少しばかりナース・ウィズ・ウーンド★2の「see you in another world」を感じさせるように響き、また一方で静けさを感じさせるように響いてもいる。白い雑音。

ユーリー登場。julie@home.shirt と書かれたTシャツを着ている。

ユーリー　ハロー、あたしユーリー。この場所には初めて書きます。だからもしも場違いだったら、ごめんなさい。っていうのもこのメッセージはね、自殺したいって思ってる人たちにあてたものなの。だからね、生きることをやめようって考えてない人は、あたしのことはもうかまわないでほしいし、このチャットルームからすぐにバイバイしてほしい。

――

ユーリー　あたしね、これは突然決めたわけじゃないんだけど、もうすぐ自殺するの。長いこと考えたわ。決心はついてる。ひょっとしたら奇妙に思う人がいるかもしれないけど、あたし誰かと一緒に死にたいの。だから質問。だれか一緒に死んでくれない？　いまは何も言わなくていいわ。お見通しなんだから、ここじゃだれもはっきり認めたくないのよね、ウンザリだってこと、全部に。ひょっとしたらあなたたちの隣には人生をちょっとだけ共有してるパートナーなんかが座ってて、全くオーケーだって思ってる、もうしばらく地球の資源を荒らしまくるってこと、ガンとか地球上の伝染病とかでイライラするまでは待つってこと。でも別にあたしいやなムードをつくりたいんじゃないのよ、ここで。スマイル。[★3] あたしが言いたいのはね、ふつういろんなしがらみがあるってことよ、去ろうとする人とそうじゃない人たちのあいだにね。少数派よ、人生を完遂する最高の行為が何なのかわかってる人なんてね、つまり、人間の尊厳のために「自分自身を世界から消す」ってことを理解してる人。誰だって普通は生きていたいって思うけど、それも、みんながいなくなって、自分はひとりぼっちだし、いつもひとりぼっちだったんだってことに気づいたらおしまい。つまりね、あたしたちの誰か一人が他の人たち全員より長く生きてなきゃならない。これは死ぬほど確実。[★4] でもあたしはここで争いの種をまくつもりはない、その逆。だって、何でもまだ本気にとる人、その人が基準だから。あたし、たいていの人が何とか、意味を見出そう、生命を維持しようとしてバカらしい考えにとらわれてると思う。感情的な結びつきとか、責任感とか、ね？　成功したいって妄想とか、繁殖欲とか、快楽欲とか、ほかのいろんな反動的な欲望もみんなそう。いいわ。みんながここに参加してるのは、生きるのをやめようって思ってるからよ、いずれそのうちね。からかいに来てるんじゃないかぎり、あたしたちは内輪の仲間。[★5] そう、そうなのよ、ちがうかしら。

ユーリー　うん。だからね、前にも言ったけど、本気でくれる返事ならみんな歓迎よ。もちろんメールでくれてもいいし、そしたらアレンジしましょう。スマイル。

――

ユーリー　だってみんな、ひょっとしたらもう気づいてるかもしれないけど、あたし、人の中に入っていけないの、それから生きるのに疲れた人たちの中にも。[★6] 悲しい真実だけど、でも真実。人の集まりの中で居心地が悪いのは、ほかの人たちじゃなくて、あたし自身が自分の望んでいる自分を見せないからなの。役割を演じなきゃって重荷と、そんなのイヤだっていう抵抗があるからどんな人と一緒でもウンザリ、楽しいのはあたし自身と一緒のときだけ、だってそこなら、まったくほんとの自分でいられるんだから。そんなことは他の人がいたらダメ、誰とだってダメ……

――

ユーリー　だから悪く思わないでね。みんながいないんだと思って、今こんなこと言ってるの。

アウグスト登場。august@home.shirtと書かれたTシャツを着ている。

アウグスト さあて、誰も何も言おうとしないなら、今、ここでぼくが何か言おうかな。だってさ……ええとぼくはアウグスト、で……どうしてかは聞かないでくれ。わからないんだから。理由なんかどうでもいい。

——

アウグスト ……そもそも想像できたためしがないよ、生きることとぼくとに何かの関係があるなんて。ごく一般的にね。他のみんなもそうなのかは知らない。でも、人生で起こることは、たいていイカれてる、とてもイカれてる……面白いとは思わないね、イカれてるって言うしかない。面白い瞬間は確かにある。一人でいるとき、たとえばね、ぼくが自分から走り出すと、自分の息づかいや駆ける自分の足音が聞こえて、それから耳の中で脈が大きな音をたてる。でもいつも走ってるわけじゃない。そんなことはできない、残念だけどね、いつも走ってるなんて。ぼくの目標は、ほとんど存在しなくなるってことだ。つまりどこにもいない。どこであろうと不在だってこと。それが、生きるってこと。だから、ぼくがいなくたって、しばらくはほとんど何の問題もない。

よく言うよね、なんとか生きてるとか辛うじて生きてるとか。生のまっただ中にいるわけじゃない。だれかが「完全に生のただ中に立ってる」なんて言うんなら、ぼくは毒を飲んでもいいいくらい保証するね、そいつはフェイクのケツ野郎だ。

——

アウグスト　だけどびっくりするのは、みんなだいたい静かに突っ立ってるってこと。そしてぼくも静かに立ってる、物音は何にも聞こえてこない。

——

アウグスト　なにかこう不確かな騒音だけだ。わかんないけどね、ほかのみんなもそうなのかどうかは、さっき言ったことだけど。さっぱりわからない。ひょっとしたらぼくは病気なんだ。でもぜんぜん聞いちゃいられないよ、「お兄さん、きみは病気だよ」なんてね。もしも、ひどくイカれた奴が目の前に、バカみたいなニタニタ顔で現れて、「健康になることです、そうしたらあなたがたにもわかります……」なんて言いやがったら、ぼくはガックリ、サヨナラだね。「きみが存在すると考えているものは、存在しません、私たちが存在すると考えるものが、存在しているんです」なんて言ってる超イカれたやつらってだれだろう。わかるよね、ぼくの言いたいこと。ぼくが言いたいのは、僕が考えていることが、存在しないってことくらい、ぼくにだって自分で考えられるってことだ。でもどこでわかるってんだ、誰かが考えることが存在するなんて。ぜんぶ大ウソじゃないか、ここじゃ。ぜんぶ見せかけだ。みんな自分はだれで、別の誰かじゃないって、まるで全部わかったふうにしてる。それでいったい誰にわかるってんだよ、何かが存在するなんてこと。何ひとつ存在なんかしないんだ。ぼくが抱くことのできる、一番純粋な感情、それは無の感情だ。ここに来てるこのエレベーターに乗るとしよう、たとえばね、そしてこれで上へ行く、そうすると……エレベーターはちゃんと動く。よし。上だ。けれどそれでも何か奇妙な不確かさがぬぐえない。わからない、こいつは本当に上に行ったのか、それともそう見せかけただけなのか？　そもそもこれは本物のエレベーターなのか？　今度は下に行かせてみよう、動き出した……ひょっとしたらだ……ほらやっぱり、ちゃんと下に下りてる。といっても——そう、これが肝心なところ——といってもこいつはたぶん下に下りていくふりをしているだけなんだ、ぼくらを安心させるためにね。全部フェイクだ。どこにいたってわかると思うよ、この無は。で、このチャットルームでも時々、何かしら反対意見を言うやつがいるけど、そんなことしても無意味だね。でもほとんどのユーザーはいつも外側から醒めた目で傍観してるだけで[★7]、時々かかとを噛みあってるんだ、生きてるって見せかけるためにね。だってたいていの連中は退場する度胸もないんだから。それよりはもう一ラウンド待ってみようってわけだ。そしたらひょっとしてまだ何かほんとのことが起こるかもしれないって。ここじゃ何ひとつほんとのことなんて起こらない。なあ、想像してみてくれよ、ぼくらがいまユーリーと一緒に行っちまうって。みんなでさ。それこそもしかしたらほんとのことかもしれない！　ぼくらみんなで動脈を切るのさ、お互いにね。

――

アウグスト　あのさ、みんながここに来てるのは、全部もうウンザリだからだろ。それが大事な可能性だ。何かの始まりかもしれない。流れになるかもしれない。

――

アウグスト　最高のタイミングだったんだ、誰かがカミングアウトするにはね、ここで。ユーリーがここで「あたし、行く」って言うの、いいと思うよ。

ユーリー　ありがとう。

アウグスト　ただ口先でそう言ってるんじゃないよ。

ユーリー　わかってる。
アウグスト　生きてるってしるしだもの。
ユーリー　ＯＫ。
　　――
ユーリー　それ、皮肉だったの？
アウグスト　何が？
ユーリー　生きてるってしるしって。
アウグスト　違うよ。いや待てよ。違うよ！　ぼくが言ってるのは、ここじゃ何も起こらないだろうってこと、普通は。
ユーリー　そうね。そうかも。
アウグスト　一度だってはっきりしてないだろ、誰がいったいここに来てるのかさ、実際のところ。この静けさの中。もしも突然誰かが「行くよ」って言ったら、少なくとも想像できるけどね、まだ誰かいたんだって。
ユーリー　Users come, users go.
　　――

ユーリー　あたしまだいるわよ。
アウグスト　うん。
ユーリー　当然あなたもそうよね。
アウグスト　そうそう。死にたいんだよね？
ユーリー　死ぬつもりよ。そう。
アウグスト　ぼくもそのつもり。
ユーリー　そう？
アウグスト　そう。
ユーリー　すぐ、ってこと？
アウグスト　うん。
ユーリー　本気で？
アウグスト　え？
ユーリー　ええとね、本当に？
アウグスト　本当って？
ユーリー　つながりを切るってことよ。

アウグスト　つながり？
ユーリー　生きることとか、そういうことへの。
アウグスト　うん、もちろん。まあ、ぼくの場合は切るものなんてぜんぜん多くないけど。
ユーリー　うん。
アウグスト　こんなフェイクな場所からはイージーに出てってやる。今晩中でもいいよ、もしそうしなきゃなんないんなら。
ユーリー　でもここはちゃんとした場所じゃない。なんて言うか、ちゃんと出ていくって意味ではね。
アウグスト　うん、もちろん。
ユーリー　出ていくの、出ていくんだわ。
アウグスト　ログアウトとかスリープとかじゃなくてね。
ユーリー　そう。
アウグスト　そのつもりだよ。
ユーリー　あなた病気か何か？
アウグスト　ううん。いや。わからない。言っただろ……

ユーリー　あたしは病気じゃない。

アウグスト　ああそう、うん。まあねえ。

――

ユーリー　ねえ聞いてよ、あたしこんなところで、いつまでもショーみたいにチャットなんかしていたくない。急いでるのよ。

――

アウグスト　ねえ、どんな顔してるんだい？

ユーリー　なによ、どんな顔してるかって？

アウグスト　どんな顔してるか言ってよ。

ユーリー　ナタリー・ウッド[★8]みたい。おぼれ死ぬ前のナタリー・ウッド。

アウグスト　ナタリー・ウッドって誰？

ユーリー　女優よ。おぼれ死んだの。

アウグスト　ああそう。

――

アウグスト　言葉で言ってみて、ナタリー・ウッドってどんな顔してたか。

ユーリー　濃い色の髪。

アウグスト　好みだね。

ユーリー　人間の九十パーセントは濃い色の髪よ。

アウグスト　そう？　うん。好みなんだ。

ユーリー　おぼれ死ぬ前のウッド、これは心理的な状態のことよ。彼女は『理由なき反抗』に出てた。誰もなんにも知らないの、[★9]もう全然ね、彼女が当時どんな顔してたかなんて、おぼれ死ぬ前に。そして誰かが知ってるとしたら、その人は彼女を助けたでしょうね、あたしここでは、言いたいこと言わせてもらうわ。ナタリー・ウッドはすごいスターで、彼女の死は謎。

アウグスト　そうだね、彼女は美人だった、おぼれ死ぬ前は。確かにね、ひどい人生だったたって思うよ、だって女優だろ。全部がいつも完全なフェイク。インチキな壁、インチキな床、インチキな人間たち、何ひとつ本物じゃないのに、いつも誰かが言うんだ、何々をしなきゃいけないよって。こんなの誰も耐えられっこない。息がつまるね。彼女、もうすぐおぼれ死ぬってわかったとき、マジにやっと息ができたんだって思う。女優としてさ。つまり……いやマジだよ。ホッとできたんだろう。

ユーリー　そうね。

アウグスト　そうさ。ぼくは別におぼれ死にしたいってわけじゃないけどさ。

ユーリー　そう。そんな必要はないわ。

アウグスト　君はどうしたい？

ユーリー　二人で。

アウグスト　でもどうやって？

ユーリー　ここじゃ言えないわ。「いざ」って時になったらね。ここには絶対、善人面した人たちがいるわ、誰かや何かを救うのが大好きな人たち。あたしが言えるのは、これが死ぬほど確実だってこと。片道切符ってわけ。

アウグスト　じゃあぼくも連れてってよ。

ユーリー　あなた何歳？

アウグスト　そんなことどうでもいいだろ、違う？

ユーリー　そうね。

アウグスト　だろ。

ユーリー　で、何歳？

アウグスト 十九。

ユーリー バイバイ。

アウグスト どうして?

ユーリー 初心者を巻き込みたくないの。

アウグスト 初心者じゃないよ。

ユーリー 自殺したことある? っていうか、しようとしたことある?

アウグスト ない。ある。もちろん。

ユーリー それで?

アウグスト それでまだうまくいってない。

ユーリー じゃあやっぱり初心者よ。

アウグスト 待てよ。君だってまだ生きてるじゃないか。

ユーリー そうよ。あたしもまだ試してない。試すんじゃないの、実行するの。ほんのちょっと試したあとで同情を買うような人たちがいるけど、あたしには無縁だわ。

アウグスト 待って。ぼくは真剣に試したことがある。顔に傷があるんだ。ベッドから落ちたんだよ、生まれてすぐにね。自分で落ちたんだ。ぼくの最初の反射運動さ。物心ついてからはね、ずっと考えてるんだよ、自殺すること。マジで。バイクで橋げたに突っ込もうと思ったことがある、たとえばね。事故に見えるようにさ、そうすれば誰も気に病まない。

ユーリー それで？

アウグスト それでって、何が？

ユーリー 橋げた、どうなったの？

アウグスト あれは考えただけさ。いろんなバリエーションのひとつだよ。だいいち免許がない。

ユーリー ここでの話はマジよ。

アウグスト うん。わかってる。聞いてればわかるよ、君から。

ユーリー 何を？

アウグスト これがマジだってこと、ここでは。

ユーリー マジ？

アウグスト マジさ。

——

アウグスト いるかい？

ユーリー　いるわよ。あなたの写真ある？
アウグスト　写真？　何だよ、写真って？
ユーリー　写真よ。見たいの。
アウグスト　あるよ。
ユーリー　見せて。
――
ユーリー　これあなた？
アウグスト　うん。
ユーリー　こうじゃないかって恐れてたのよね。
アウグスト　何が？
ユーリー　あなたがハンサムだってこと。
アウグスト　え？
ユーリー　みんなのあこがれ。
アウグスト　バカ言うな。君のを見せろよ。
ユーリー　はい。

アウグスト　マジ？
ユーリー　何？
アウグスト　ぜんぜんオーケーだよ。
ユーリー　ありがとう。
——
アウグスト　一緒に行きたい。
ユーリー　待って。質問があるの。あなたが正しく答えたら、考えてみるわ。
アウグスト　マジかよ、今さら？
ユーリー　あなたのことぜんぜん知らないから。ひょっとしたら変態かもしれないし。
アウグスト　そうだよ、スマイル。
ユーリー　そうなの？
アウグスト　違うよ、スマイル。
ユーリー　いいわ、外野のみんなも、答えたかったらもちろんどうぞ。じゃあ、準備いい？　理性。これ何だ？
アウグスト　え？

ユーリー　ほら。
アウグスト　ほらって？
ユーリー　いまのが質問よ。ゆっくり考えて。
アウグスト　理性？　理性って何だ？　理性は病気だ。誰だって知ってるよ。
――
ユーリー　それで全部？
アウグスト　さあね。
ユーリー　誰か他に何か知ってる？　わからない？　どう？　だめかしら。理性って？
アウグスト　さてね。知らないよ。人それぞれだろ。そうだね、たとえばこれは理性的だって思うよ、ぼくが自殺して、他の誰かはしないっていうの。哲学者がいたよね、自殺はしなかったんだけどさ、たとえばね、発見した人なんだよ、ぼくらが目を持ってるのは、見ないためであって、耳を持ってるのは、聞かないためなんだってことをね。なんて名前だっけ？　ええと、こう言ってるんだ、理性はものを見ない目、ものを聞かない耳を信用するんだって。だからこそ理性とは実に非理性的な考えなのであるって。世界的にも結構有名だよ。たぶん最も偉大な哲学者の一人だった。出てこないなあ……

名前、何ていったっけ……

ユーリー あなたがそうしたいんなら、連れてってあげるわ。

——

ユーリー どう？

アウグスト うん。

ユーリー うん、のるってわけね？　ふたりで一緒にやるのね？

アウグスト うん！

ユーリー それじゃダメ。ええとね、あたしは確認したいって言ってるの。

アウグスト やるよ。

——

ユーリー 予想してなかったわ。こんなに早くなんて。

——

ユーリー マジなのね……

アウグスト うん。

ユーリー ほんとにマジなのね。No bullshit?★10

アウグスト もちろん。

ユーリー ――

アウグスト マジね。

ユーリー くそみそにファックして死にたいくらいマジさ。

アウグスト ――

ユーリー あたし、いま幸せよね、そうでしょ?

アウグスト 知らないよ。

ユーリー あたし、たぶん幸せのまっただなか、いま。

ユーリー ――

アウグスト 何かいま、約束してほしいな。

ユーリー 何をさ?

アウグスト 約束して、誰にも話さないって、このこと。あたしたちがすること、話しちゃダメ。お父さんやお母さんにも、友だちにも、ガールフレンドにも、誰にも。あたしたち消えるの、そして誰にも言わないの、どこへ行くか。絶対に誰にも。

アウグスト 言わないよ。

ユーリー　誓って！　誓うの、誰にも何も言わないって。
アウグスト　もちろん。
ユーリー　言って、私は何も言わないと誓いますって。
アウグスト　私は何も言わないと誓います。
ユーリー　もしも人に話したら、私はずっとこの世の業火に焼かれ続けます[★11]。
アウグスト　もしも人に話したら、私はずっとこの世の業火に焼かれ続けます。
ユーリー　死よ永遠なれ。
アウグスト　死よ永遠なれ。
ユーリー　アーメン。
アウグスト　アーメン。
ユーリー　テントが必要だわ。
アウグスト　テント？
ユーリー　それから何か食べ物。
アウグスト　食べ物？
ユーリー　ビール。

アウグスト　オープンサンドつくってやろうか？

ユーリー　それからあったかい服。夜はマイナスになるかもしれないし、わかんないけど。すごく寒い、とにかく。

アウグスト　どこ行くんだよ？

ユーリー　雪のあるとこ。

アウグスト　凍死ってこと？

ユーリー　**Track me down.**★12 あたしのホームページに来て、しばらく待ってみてよ、誰もあとをつけて来ないかどうか確かめるの。そしたらあたし、あなたを迎えに行く。スマイル！　みんな。

アウグスト　スマイル。

場面転換、ビーチボーイズの「Wouldn't It be Nice」へ。

昼間、雪が絶え間なく降り、舞台後方はオープンで何もない。世界の果て。

重いリュックサックを背負った二人、丘の上に到着する。彼らは長いこと立ったまま、漠然とした白いパノラマを見つめる。

ようやく彼らは荷物を雪の中に置く。アウグストは数歩、断崖の方向へ歩いてみようとし、滑って転び、また戻ってくる。

アウグスト　滑るよ。
――
アウグスト　ここきれいだね。
ユーリー　そう思う?
アウグスト　あの川。
ユーリー　あれはフィヨルドよ。
アウグスト　でかいね。これだけの水どっから来るんだろ?
――
アウグスト　何だって?
ユーリー　あれはフィヨルド。あれは海水。あれは海。
アウグスト　でもさ。
――

アウグスト　どうかした？
ユーリー　何？
アウグスト　何かあるの？
――
ユーリー　何よ？
アウグスト　何も言わないからさ。
――
アウグスト　何かあるんだ。
ユーリー　ないわ。
――
アウグスト　ここきれいだねってぼくが言っても、君は何も言わない。何かあるんだ。
ユーリー　フン。
――
アウグスト　言ってくれよ、何かあるんだったらさ！
ユーリー　なん・にも・ない。

アウグスト　怖くなったとか？
ユーリー　何？
アウグスト　知らないよ。ありうるだろ。
――
アウグスト　どこに通じてるんだろう、このフィヨルド？　どこかには通じてるんだよね？
――
アウグスト　ここきれいだと思うなあ。
――
ユーリー　ちょっと黙っててくれない、とにかく？
アウグスト　何でさ？
ユーリー　だってあなた何も言ってないからよ、ずうっと。
アウグスト　言ってるよ、ここきれいだって。
ユーリー　それが何も言ってないも同然って言ってるの。何も言ってない。
アウグスト　フン。
――

アウグスト どれくらい黙ってるつもり？
ユーリー ずっとよ。ずーっと黙ってるつもり。
アウグスト 今からもう？
ユーリー 今だってそうよ。
アウグスト ずっと？
ユーリー そう。
——
アウグスト ぼくにはそうするには寒すぎるよ。
——
アウグスト この寒さじゃずっと黙ってるなんてムリだ。長くはムリだよ、とにかく。
——
ユーリー あなたけっこうお茶目でしょ、もともと、違う？
アウグスト え？
ユーリー クラスのピエロだったんじゃない、昔は？　コメディアンのアウグストよね？
アウグスト いいや。

ユーリー　じゃあ今から挽回ってわけ、急いで？

――

アウグスト　君ってかなり不愉快だね。

ユーリー　あなたほんとにアウグストっていうの？　ほんとは何ていうの？

アウグスト　アウグスト。

ユーリー　それほんとの名前じゃない。

アウグスト　ほんとさ。もらったんだ。誕生日に。

ユーリー　あなたがチャットルームで自分のことアウグストって言ったのは、あたしがユーリーって名前だからよ。

アウグスト　ユーリ……ぜんぜん気がつかなかった。[★13]　いや、ほんとに違うよ。超バカげてる。ユーリー。君、ちょっと冷たいよ、ユーリーって名前にしては。[★14]

ユーリー　もういいわ。とにかくあたしはあなたの名前を信じない。絶対。

――

アウグスト　ねえ、いったいどうして、一人でしようって思わなかったんだい？

――

アウグスト 君、タクシーの中で一言も口をきかなかった。そしてさっきもそうだ。わかんないよ。

ユーリー あたし・いつも・しゃべってる・必要は・ないの。わかる？　それともわからない？

アウグスト いや、わかるよ。ぼくだって、いつもしゃべってる必要はない。でも今はちょうどしゃべりたい気分なんだ。何かある、って気がするんだよ。どうして言ってくれないんだよ、何があるのか？

ユーリー 何があるのかって？　あたしたちはここ、断崖の端っこに立ってる。そこに断崖。あっちの奥には、ちっちゃな人間が暮らしててあれこれ考えてる。そこが中心。あそこが端っこで、あそこからはしばらく何もなくて、それから海。そこには魚たちがいて、お腹を空かせてる。そういうのがあるの。

アウグスト 君がそうしたいんなら、ぼくたち黙ってたっていいよ。誰かと一緒に黙ってるくらい素敵なことはない。一人で黙ってるのも悪くないんだろうけどさ、もしかしたら。あのさ、ぼく一人でも自殺したよ、でも君が言ったことがね、君がいろんな人たちの中にいるとしっくりこないって話、君が君といるときだけ、君自身でいられるって話、あれが気に入ったんだ。ちょうどぼくもそんな感じなんだ。

ユーリー 誰にも言わなかったわよね、あたしたちここにいるって？

アウグスト　言ってないよ。何で？
ユーリー　確かめたいだけ。
アウグスト　どっちみち誰も知らないよ、ここがどこかなんて。友だちんとこに二泊する、って言ってきた。あさってになれば捜しはじめるよ。でもきっとこんなところじゃない。君は？
ユーリー　誰も捜さないわよ。
アウグスト　どうかな。想像できるよ、誰かが君を捜すだろうって。
ユーリー　どういうこと？
アウグスト　何て言うかなあ。自分を見てごらんよ。間違っちゃいない。ぜんぜん想像できないな、誰も君を捜さないなんて。君みたいなのをいつも捜してる、何千……何万っていう人間が。
ユーリー　捜してるんだあ、マジに……
アウグスト　いや、マジさ。何百万っていう人間が君みたいなのを捜してる。そういう悲しげな、ちょっと堕落した女の子を。
――

アウグスト　あそこからだと下を見ることもできないな。
ユーリー　じゃあ見なきゃいいわ。
アウグスト　ずっと思ってたよ、すぐに飛び降りるんだって、こういうところでね。もうずっと前から。君もそう？
ユーリー　うん。
アウグスト　でもこんな高いところは初めてだ。
ユーリー　六百メートル。
アウグスト　調べたよ、ネットで。服を着た人間が落ちるときの平均速度は時速百九十一キロから二百五キロ、これはつまり秒速約五十五メートル。てことは……六百メートル……つまり加速のあいだを含めて落下時間は約十秒だ。
ユーリー　そんなところね。
アウグスト　もう計算してたんだ、ね？　この十秒で何する？
ユーリー　落ちるわ。
アウグスト　フン。
ユーリー　で、死んでる。

アウグスト　それで全部？

ユーリー　十秒の間死んでるの。そうよ。自分をただほったらかすの、するともう何もなくなる、すべてがある、でも何もない。どんなものもない、どんな出来事もこの世界にはね、ないのよ、あたしにちょっとでも関係あるものが何ひとつない。全部投げ出した、悲しみも、喜びも、憎しみも、愛も、不快な性格も、古紙への責任も。何もかも全部。すっかりどうでもよくなる。あたしたちの大陸は一日に四千万トンの汚物を生みだすけど、でもぜんぜんあたしの問題じゃない。どんな考えも余計よ。どんな行為も不可能なの。全部置いてきた。義務はない、もう息をする必要だってない。完全な自由、何もしなくていい。完全な、果てしない自由。あなたは神になる、そして神は何もしない。全部を感じとるのよ、何秒間のあいだにね、でも戻ることはない、賛成も反対もない。

——

ユーリー　そうやっていなくなるの。

アウグスト　じゃあ記憶は。記憶はどうなる？　単純に全部忘れるってことはできないだろ。

ユーリー　できるわ。全部にケリをつけておくのよ、前もって。

アウグスト ケリをつける。

ユーリー うん。その瞬間に集中しなきゃ。

アウグスト その瞬間に、だね？

ユーリー ただしそれに気づかずに死のうとする、っていうのは別よ。でも一生かけて追い求めたその瞬間を逃すなんて、最高にバカげてるわ、あたしが想像するかぎり。

アウグスト ぼくいつも思ってたよ、人生が終わる、その短い瞬間を逃さなければいいなあって。

ユーリー 同じことよ。

アウグストは十まで数える。

アウグスト 落ちる時には一つのことしか考えられないだろうって思ってた。これがそうなんだ。これがそうなんだ。これがそうなんだ。これがそうなんだ。それがぼくの最後の考えになるだろうって。「これが」と「そう」と「なんだ」。すっかりカラッポの考えになる。完全な無だ。すっかりカラッポだけど、妙にシックリくる。でも十秒っていったら、それじゃ余っちゃうんじゃないかな、衝突寸前にまだ何かどうでもいいことや場違いなことを考えるんだよ、「『これがそうなんだ』って考えるのはそう決めてあったからだろ、それから父さんがあんときレモンアイス買ってくれたよな、ルナパークで、四歳のときに」。ドスン。

ユーリー レモンアイス？

アウグスト いま思いついた。

ユーリー あなたのお父さんレモンアイス買ってくれなかったの？

アウグスト 買ってくれたよ、いやわかんない。いや買ってくれた、絶対。ぼく十秒間で「これがそうなんだ」なんて絶対考えないよ。絶対に。いまだったら十分の一秒は絶対レモンアイスに使っちゃう。一生に一度の一番充実した時もぼくは集中力が弱いからダメにしちゃう。何ひとつとして長いことマジにとることができないんだ。

ユーリー 何ひとつマジにとらないって、いつもウソついてなきゃならないってことよ。

アウグスト そう、みんなウソ。全部がそうなんだ。「これがそうなんだ」っていうのもウソっぽい、長く考えてるうちにウソに思える。だからぼくは何だろうと長く集中なんかする必要はないんだよ、もうないんだ。ただひとつ、長続きするのは退屈。こいつだけはマジにとれる。退屈はね。

ユーリー 退屈なんてあたしはガマンできない。

アウグスト でもマジにとるべきだよ。退屈はどこにだってある。全宇宙が死ぬほど退屈してる。すべてがどんどんゆっくりになってる。ＤＪも、音楽も、車も、惑星も、素粒子もだ。すべてが傍観してる。完全な脱力状態つまりチルアウトだ。[★15] ある日、月が地球に落ちてくる。聞いたことがあるんだ。引力のせいさ。地球が引きつけるんで、月は勢いをなくすんだ。ぼくの父さんももう勢いがないんだけどさ。母さんの周りを回ってる。何もかもが引きつける。宇宙は引きつけすぎて崩壊して単調になって退屈になって冷たくなって死ぬ。チルアウトっていうんだ。一度読んだことがあるんだ、どっかで。「ビッグバンは愚神の額への一撃だった。宇宙は自分自身の不十分さの認識から生まれたのだ」ってね。覚えたんだ。意味はよくわかんないけどさ、ほんとのところ、でもかなり核心は突いてる。そう聞こえるんだ。つまり言いたいのは、十秒間の落下は長すぎて、あれが現れてきちゃうってこと、あの退屈が。自分にはもう何の関係もないっていうのに、稲妻みたいに脳の中でひらめくんだ、何かつまらないものやくだらない出来事についての思い出が。思い出すのは、湖のほとりの涼しい午後とか、コケの上の陽射し、それから別荘のにおい、それから歯の痛みがどうだったか、それからよくテンカンの発作を起こした子供、それから地下室の自転車、それから初めてキスをしたエスカレーター、それからわかるんだ、自分がどんなにバカだったか、それからどんなにウソつきで小物で不快な人間だったか、現にあるものや、残ってるものからは何ひとつ本当に何かを始めることができない人間だったってこともわかる、それから征服されちまうんだ、いろいろあるなかでいちばん長い退屈にね。ひとつの永遠だよ、十秒っていうのは。どうかな、ぼくたちもっと下から飛び降りるべきなんじゃないかな。

ユーリー　ガールフレンドいる？

アウグスト　いや。

ユーリー　驚かないけどね。

アウグスト　マジで？

ユーリー　ウツになるわ、あなたの話これ以上聞いてると。

アウグスト　ウツなんじゃないのかい、もともと？

ユーリー　じゃないわ。

アウグスト　じゃない？

ユーリー　何よ？
アウグスト　ウツじゃない？
ユーリー　違うわ。
アウグスト　じゃあ何なんだ？
ユーリー　普通よ。あたしは幸せ。
アウグスト　いまになってそういう演技するの？
ユーリー　してないわ。
アウグスト　わかんないな。
ユーリー　幸せをめざす性格なの。
アウグスト　ああ。そうだろう。そりゃ普通だ。
ユーリー　言ったでしょ。
アウグスト　ぼくはね、幸せをめざす性格が普通だって言ってんだよ。でも自殺する人間向きじゃない。自殺者はむしろ断崖かなんかをめざすんだ。それから不安と恐怖の方をね。
ユーリー　そうね。
アウグスト　わかんないな。

ユーリー ウツでいたってしょうがないじゃない。バカげてるわ、ブレーキになるし、楽しくもない。ぜんぜん、何の役にも立たない。絶対何の役にも立たないわ。自殺者にも何の役にも立たない。ウツの自殺者なんて弱虫よ。

アウグスト でもさ、じゃあ君は何で自殺するんだ？

ユーリー あなたバカじゃないの？

アウグスト 何だよ？

ユーリー 何で、あたしにそう、しつこく質問するわけ？　言ったじゃないの、あたし、もういいんだって。もういいの。十分なの。たくさんなの。もう・一回、最初から始めたりしないの。

アウグスト そんなにわめかなくたっていいよ。ひょっとしたら何か冬眠してる動物起こしちゃうよ、ここの。ここには熊なんているかな？

ユーリー いるわよ。

アウグスト クソ……

——

アウグスト まだ言ってくれてないよ、どうして一人でしようって思わなかったのか。

ユーリー　それはね……費用対効果に照らしてみて計算に合わないからよ。する甲斐がなきゃだめなの。絶対にね、それがあたしの人生を満たしてくれることを望んでるのよ、ちゃんと最後までね。一人で生きるって大仰だし、一人で死ぬのもそうよね。あたし、みすぼらしく隅っこで落ちぶれたくない。だからね、あたし絶対にしないと思うわ、一人じゃ。

アウグスト　する甲斐があるってどういうこと？

ユーリー　そこから何か手に入れたいの。知りたいのよ、もうすぐ死ぬ人間がどんなふうか。テレビでなら見たことあるわ、人が撃たれるの、スローモーションか何かで。でもテレビはフェイクだし。それにスローモーションだともうよくわからなくて、ただ、何も見てないってことを見てるだけになっちゃう。

アウグスト　見たいんだね、人が死ぬのを。

ユーリー　そう。

アウグスト　つまり、ぼくが死ぬのを。

ユーリー　そう。

アウグスト　君は完全にネジが外れてる。いや、あのさ、これは病気だよ。君はすっかりイッちゃってる。

ユーリー フン。

アウグスト ドラッグか何かやってる?

ユーリー あなたヨーロッパを半分横切ったのよ、そうしてここであたしと突っ立ってる、こんな真っ白な雪景色のなかに。それで元気だよって、そういうわけ? 自分をよく見てごらんなさいよ。普通だと思う? あたしは少なくとも、自分のしてることわかってるわ。あなたはわかってるの、自分のしてること? どこにいるかってこと? どうしてここにいるかってこと?

アウグスト 知るもんか。

ユーリー あなたは断崖の縁にいるの。あなたが生きてこなかった人生の反対側の端に着いたってわけなのよ、お坊っちゃん。

アウグスト ——

アウグスト ぼくがここにいるのはね、もしかしたら自殺するためじゃないかもしれないんだよ、お嬢ちゃん。

ユーリー 知ったことじゃないでしょ、どうしてあなたがここにいるかなんて?

アウグスト　そうさ、君の知ったことじゃない、どうしてぼくがここにいるか。
ユーリー　今度は謎めこうって、そういうこと？
アウグスト　どうなるんだい、君に言ったらさ、ぼくやらないよって？　最初からそんな気なかったからってさ？　好奇心で来ただけだからって？
ユーリー　ねえ、それがどうしてウソ臭いかわかる？　おもらししてるからよ。あなた震えてたわ、さっきタクシーの中で。あたし思った、あなたは裏切るだろうって。運転手の人がしきりに下のほうを見てたわ、あなたの両手。あたしだって見てた。あなた怖がってる。
アウグスト　寒かったんだよ。今も寒い。それにこうして立ちっぱなしで君の話を聞いてたら、もっと寒くなった。
ユーリー　あなた怖がってる。
アウグスト　ぼくは君のことを知らない。知らないんだよ、君が誰なのかさ、違うかい。
ユーリー　そんなことほんとにどうだっていいのよ。あたしはあなたが知ってる他の女の子全部とぜんぜん違わない。あたしの中に映し出していいのよ、あなたがしたいこと。化粧品だって少し持ってる、それであなたの気が楽になるんだったら。

アウグスト　君の中に映し出す？

ユーリー　そうよ。ねえ、あたしがあなたのお母さんか何かだって思ってみて。わかんないけど、どんな心のキズがあるかは。

アウグスト　君ってほんとにイカれてるね。こんなとこでどうしろっていうんだ？

ユーリー　あなたヘタってる。あたしたち着いたばっかりよ。これはピクニックなんかじゃないわ。あたしが飛行機のチケット代出してあげないからヘタってるんでしょ。

アウグスト　ヘタってなんかないよ、バカ。ぼくは君のことを知らないんだ。

ユーリー　そんなことはどうでもいいの、あたしたちは同じことをしたいってこと。ここで自殺したい。それが大事なのよ。

アウグスト　君が信じられない。君のことは信じない。理解できない。君はちっともウツじゃないんだよ、バカ。どうして自殺したいのさ？　わからないよ。君はぼくと話をしてない。とにかく正直じゃない。ぼくらはここで何かのショーでもやってんのか？　どうして普通に話をしないんだよ？　どうしてずっと格好つけてるんだよ？　ぼくは格好つけてなんかいないぞ。

ユーリー　あたしが何かウソっぽいんだったらよ、今ね、それはムリヤリしゃべってるからなのよ、あなたの機嫌をそこねないようにね。それなのよ、何かあるっていうのは。

アウグスト そうだよ、言おうよ、何があるのかをさ。いいと思うよ。

ユーリー あなたが強制するからよ、ムリに話し好きみたいにさせるから。

アウグスト 待てよ、君は誰かを連れてきたかったんだろ。一人じゃここに来たくなかったんだろ。見たかったんだろ、人が死に直面するとどうなるか。さあ君の望むとおりになった。こんな感じだよ、死のうとしてる人間は。しゃべるんだよ。クソ。

ユーリー しゃべる中身もクソね。

アウグスト そう。それもある。もしかすると。

ユーリー 「死に直面して」。どっから持ってきたのよ、そんなバカな言い方？

――

ユーリー 泣きベソかきそうね、何だか？

アウグスト いや。

ユーリー ベソかいてる。

アウグスト 違うよ。

ユーリー 彼ベソかいてるよ、みんな。

アウグスト　みんなって誰だい？
ユーリー　そういう言い方するのよ。「彼ベソかいてるよ、みんな」って言うの。
アウグスト　知らないな。
ユーリー　うそぉ。その年でまだ知らないってわけ。
アウグスト　どういう意味だい、その言い方？
ユーリー　「びっくりしたよ、君がベソをかくなんて」
アウグスト　ベソなんかかいてないってば。
ユーリー　あたしが言ってるのはね、あなたの顔が……
アウグスト　ぼくの顔？
ユーリー　「彼ベソかいてるよ、みんな」って顔。
アウグスト　何言ってんだ？　ぼくはただ周りをながめてるだけだ、バカ。ベソなんかかいてない。
ただあのバカづらした川を見てるだけだ。あの水。そしてあの氷。
ユーリー　そしてベソかいてる。
アウグスト　だから？　別に犯罪じゃないだろ、え？
ユーリー　もちろん。

アウグスト　そうだろ。

ユーリー　でも言ったじゃない、ベソかいてないって。

アウグスト　それはな、それは、クソ。ここならね、言いたいことが言えるんだよ。ここなら誰にも言い訳しなくていいんだ。ここなら話したいことを話せるんだ。もう退場しなくちゃいけないなら、ここからね、したいようにしていいんだよ。ここならクソッタレを外に出していいんだ、好きなだけ。ここならクソッタレを外に出していいんだよ、好きなだけね、そうやってぼくの世界を全部スッキリさせて、まだ一度も言ったことがないことだってさ、口にできるんだよ、クソ。

ユーリー　それもう言ったわよ。

アウグスト　笑い死にしそうだよ、マジで。

ユーリー　ちょっと待って。あなた言ったわよね、「もう退場しなくちゃいけないなら」って。

アウグスト　ああ。それで？

ユーリー　それ変よ。

アウグスト　そうかい？

ユーリー　そうよ。まるでしたくないみたい。

アウグスト 何を？

ユーリー 退場。

アウグスト もう何もしたくないんだよ。

ユーリー ちょっと待ってよ。退場はしたくなきゃだめよ。

アウグスト ああ。クソったれ。もう何がしたいのか知りたくもない。だからこそ、したいんだよ。

ユーリー ただそういう気分だったってだけよ。

アウグスト 気分なんかどうでもいい。

ユーリー あたしたち決めたでしょ。

アウグスト うん、わかってる。

ユーリー はっきりさせておきたいだけ。あたしたちは決めていた。

アウグスト うん。

ユーリー 何を決めたの？

アウグスト 後戻りはしないって。

ユーリー それでどっちかがやめたくなったら？

アウグスト ああ、わかってる……

ユーリー　じゃあいいわね。

アウグスト　それでもここでは言わせてもらうよ、言いたいように。それからしたいこともする、したいように。

アウグストは手短に、したいことをする。★16

ユーリー　何してんの？

アウグスト　したいことしてんだよ。

ユーリーはゆっくりと断崖の端へ行く。

ユーリー　来て。

アウグスト　なんで？

ユーリー　来て。

アウグスト　なんで？

ユーリー　ちょっと見て。
アウグスト　何も見たくない、それどころじゃない。
ユーリー　怖いの？
アウグスト　いいや。
ユーリー　じゃあ来て。
アウグスト　行かない。滑る。そこ、滑るんだよ。
ユーリー　度胸だめしよ。
アウグスト　ぼくには度胸だめしなんか必要ないよ、今はね。
ユーリー　下が見られないじゃない、誰かが押さえててくれないと、バカ。
――
ユーリー　下までだいぶあるわ、だから想像もつかないのよ、あたしが下を見たら何が起こるか。
アウグスト　来たことあるんだと思ってた。お父さんお母さんと一緒に。
ユーリー　まだ小さかったのよ。
アウグスト　そのときは下を見なかったの？
ユーリー　見たわ。でも父さんが押さえててくれた。

アウグスト 今はいない。
ユーリー そう。今はいない。
ユーリー ——
どうしたの？　来るの？

アウグストはゆっくり四つん這いになってユーリーのほうへ行く。彼らは断崖の縁まで這っていく。

アウグスト でもふざけたことするなよ、ＯＫ？
ユーリー あなたは下を見なくていいわ。押さえてて、足のところ。
——
アウグスト カントだ！　カントって名前だ。
ユーリー 誰？
アウグスト あの哲学者。
ユーリー どの哲学者よ？

アウグスト　目の人、それから耳。そう言った人だよ、それが何の役にも立ってないって。

ユーリー　気をそらせないでよ。

場面転換。

崖の絶壁が目の前にそびえる。ずっと上のほうに白い空。上のほうの崖の縁にユーリーの頭が現れる。

アウグスト　（オフで）[★17] どうだい？　何が見える？

——

アウグスト　（オフで）何か言えよ。どうだい？

——

アウグスト　（オフで）どんな感じ？

ユーリー　何が？

アウグスト　（オフで）君が見てるもの。

ユーリー　自分で見なさいよ。

アウグスト　（オフで）何を？

アウグスト　――（オフで）何か言ってくれないか？

ユーリー　わかんない。

アウグスト　（オフで）ダメかい？　何が見える？

ユーリー　わかんないのよ、何聞きたいの。ニュージーランドのお尻が見えるわよ。どういう意味よ、何が見えるかって？　何も見えないわよ。バカづらした底なしの奈落、見てるの。

アウグスト　（オフで）それからずっと下、何がある？

ユーリー　下は真っ暗よ。何かあるかもね。わかんない。たぶん地獄か何かよ。

アウグスト　（オフで）つまり、地面が見えない？

ユーリー　見えないわ。何か突き出てる。ちょっと下のほうで何か突き出てる。あたしたちあれを越えなきゃ。うんと向こうに飛ばなきゃ。

アウグスト　（オフで）何か突き出てる？

ユーリー　うん。

アウグスト　（オフで）どのくらい？

ユーリー　かなりよ。あたしたちあれを越えなきゃ。

アウグスト　（オフで）つまりぼくらそこにぶつかっても、それじゃ足りないってこと？

ユーリー　わかんないけど。ダメ。ひょっとしたらあそこで体のどっかがちぎれて、もっと下へ落ちるのよ。腕だけあそこに引っ掛かってちょっと手を振るんだわ。

アウグスト　（オフで）それで、地面が見えないって？

ユーリー　自分で見なさいよ。

アウグスト　（オフで）クラクラする。

アウグストの頭が現れる。

——

アウグスト　下なんか見られないよ。

ユーリー　じゃあ見ないで。

アウグスト　クラクラする。

ユーリー　じゃあ目をそらして。

アウグスト　クソ。

ユーリー　何？

アウグスト　ぼくら何でこんなことしてるんだ？

ユーリー　だって何かしてなくちゃ。

アウグスト　うん。

――

アウグスト　ねえ、ここでもうだれか他の人がしたかな？　ぼくらより前に？

ユーリー　あなた毒を飲んだっていいのよ。

アウグスト　なんで？

ユーリー　あたしたちがいま何か考えつくんだとか、思ってるわけじゃないわよね？

アウグスト　思ってない。

ユーリー　そう考えたっていいと思うわ、同じことがもうあったたって。ちょっとぐらい違うかもしれないけど、基本的にはかなり同じようなことが。

アウグスト　ぼくは形のことを言ってるんだよ。こんなふうに二人でかなとか。

ユーリー　二人でか、一人でか、レミング★18みたいにか。全部すでにあったことよ。でもそんなこと今はほんとにどうでもいい。あたしは自分のためにする。他の人のためじゃない。ここでショーか何かをやってるんじゃない。

アウグスト　ああ。

ユーリー　それからこれをまだ一度もしてない。あたしはまだ一度も自殺してない。

アウグスト　ああ。

ユーリー　それが大事なのよ。絶対に一度っきりってことが。それが前にあったことすべてを超えさせるの。あたしはまだ一度もしてないの。さあそろそろ時間よ。

アウグスト　え？　いま？

ユーリー　そうよ。

アウグスト　待てよ、いま？

ユーリー　そうよ。

アウグスト　でも……

ユーリー　何？

アウグスト　でもぼくは……

ユーリー　何？
アウグスト　ねえ……ぼくは……ぼくらはこれ一式、全部持ってきたじゃないか。食べ物とか、それからテントとか。
ユーリー　うん。それで？
アウグスト　そう、それでぼくは考えた、ぼくらはとりあえずゆっくり寝てみる。
ユーリー　ゆっくり寝てみる？
アウグスト　うん。
ユーリー　つまり、もう一度考えなおしたいってこと？
アウグスト　違う違う……違う。そうじゃない。
ユーリー　じゃあいいじゃない。
アウグスト　でもさ、まあ待てよ。今すぐってそれはちょっと……何か書こうと思ってたし……
ユーリー　さあ。
アウグスト　待てよ。
ユーリー　さあ、立つのよ。

ユーリーは立ち上がる。

ユーリー さあ、やって。

アウグスト いやだ。待てよ。立てない。すぐに落ちるよ、ここだと。

ユーリー それこそいい考えじゃないの。さあ。

アウグスト 待って。待って。この、放せ。

ユーリー さあやるわよ。こんなことさっさと終わりにしたいの。今あの下に行きたいの。さあ。

アウグスト 待てよ。ぼくはまだ……

ユーリー 何？

アウグスト したかったことが……

ユーリー ゆっくり寝てみる、でしょ？

アウグスト 違う。いやそうだ。

ユーリー 死んじゃえばいくらだって寝られるわ。さあ、飛ぶわよ！

アウグスト いやだ！

ユーリー さあ！

アウグスト　放せ！

　　ユーリーはアウグストの手をつかむ。争いになる。二人は取っ組み合う。争いのあいだに、二人はほとんど落ちそうになる。

アウグスト　やめろ！

ユーリー　いくじなし！

アウグスト　やめろ！　放してくれ。

ユーリー　だめ。

アウグスト　放せ！

ユーリー　あたしたち決めたでしょ。

アウグスト　放せ、バカ！　ぼくら落ちるぞ。

ユーリー　そうよ。

アウグスト　こんなこと決めなかったぞ！

ユーリー　決めたわよ。

アウグスト　放せったら！
ユーリー　飛び降りないんだったら、手伝ってあげる。
アウグスト　放せ！
ユーリー　だめ。
アウグスト　ぼくが落ちたら、殺人で首吊りの刑になるぞ。
ユーリー　あたしもあとから飛び降りるのよ、まぬけね。
アウグスト　イヤだ。
ユーリー　何？
アウグスト　イヤだ！
ユーリー　一緒にやるって……
アウグスト　もしやめなかったら……
ユーリー　何？　何？
アウグスト　殺してやる、バカ。
ユーリー　スゴイ！

ユーリーはつまずいて落ちる。かろうじて片手で、突き出た崖の端につかまり、宙吊りになって揺れる。

ユーリー 上がれないわ。助けて。

アウグスト (オフで)君は……君はまったく病気だよ！ ぼく落ちてたかもしれないぞ！

ユーリー そうよ、それで？ 面白かったじゃない。上にあがるから助けて！

アウグスト (オフで)待てよ。君にいい歌がある！

ユーリー 助けてよ。バカ。あたし……悪かったわ。あたしバカだったわよ、さっき。

アウグスト (オフで)待ってて、すぐに行くから！

ユーリー ふざけてみただけよ。あなたを落としたりなんか絶対しなかった。ほんとよ。助けてよ、バカ。想像してよ、あたしが落ちるなんて、バカ。そしたらどうするの？ あたし、もうつかんでられない。助けてったら！ バカ。

アウグストはゲットーブラスター★19を持ってまた現れ、それにスイッチを入れようとする。

アウグスト　聞いてよ。これ知ってる？　ぼくの兄さん[★20]のＣＤなんだけど。

ユーリー　上にあげてよ、この変人。

アウグスト　シッ！　待って。これどうやったらかかるんだ？

ユーリー　上げてくれなかったら、あたし落ちる。

アウグスト　それで？

ユーリー　それで……あなたはあたしの不幸の責任を負うわよ。そんなのイヤでしょ。

アウグスト　かかんないぞ、これ。

ユーリー　助けて！

アウグスト　どのぐらい走ったんだろ、タクシーでさ？

ユーリー　助けて。

アウグスト　ねえ、ぼくらのこと、誰か聞いてると思う？

ユーリー　思わない。

アウグスト　そう。ぼくらのことは誰も聞いてない。四十キロ先まで誰も聞いてない。

ユーリー　上にあげて。

アウグスト　ここで叫んだっていいよ、したければね、誰も聞いてないだろうけど。
ユーリー　そのとおりよ。
アウグスト　やってみて。
ユーリー　何を？
アウグスト　叫んでみて。
ユーリー　助けて。
アウグスト　もっと大声で。
ユーリー　自分で叫びなさいよ、この変人。
アウグスト　ぼくに叫ぶ理由はないよ。
ユーリー　あたしだってないわよ。
アウグスト　ない？
ユーリー　ない。
アウグスト　ぼくだったらちょっと怖いけどな、君の立場になったら。
ユーリー　どうして。
アウグスト　君がぼくを知らないから。

ユーリー　そうよそれで？

アウグスト　ぼくが誰か知らないから。ぼくはひょっとしたら完全に気が変なんだ。待って、あの歌はこんな感じだ。トゥートゥートゥー、トゥートゥー、トゥートゥートゥー、トゥートゥー……

ユーリー　怖いわ。[★21]ひどいじゃないのこのクソオヤジ。

アウグスト　ねえ、ぼくは何がもらえるんだ、君が落ちなかったら。何がもらえる、君が落ちなかったら？

ユーリー　知らないわよ。引き上げてよ。もうダメ。

アウグスト　そしたらぼくは何がもらえる？

ユーリー　上げてよ、バカ！

アウグスト　ぼくは何がもらえる？

ユーリー　何でも欲しいもの。

アウグスト　何でも欲しいもの？

ユーリー　そうよ。

アウグスト　でも何も欲しくなかったら？

ユーリー　何も欲しくなかったら、何ももらわないわよ。いいかげんに引っ張ってよ。

アウグストはユーリーを引き上げる。二人は疲れ果てて崖の縁に座る。

アウグスト　君はぼくを殺そうとした。
　　――
アウグスト　そうだろ。
ユーリー　あなた頭おかしいわ、おかしいわよ。
アウグスト　君はぼくがそこから落ちるのを見ようとした。

二人とも断崖を見下ろす。ユーリーはゆっくりとアウグストの手をつかむ。

ユーリー　あたしがしたかったのはね……
アウグスト　ヤられちまえ。
ユーリー　自分がヤられれば。

アウグスト　Fuck you だよ、まったく。
ユーリー　あなた、何でも言うのね。
アウグスト　君はぼくを殺そうとした、あそこで。
ユーリー　旅立ちの手助けよ、そういうこと。
アウグスト　少なくともぼくを殺そうとした。
ユーリー　笑っちゃうわね。
アウグスト　ぼく絶対ニキビができるよ。このショックで。
ユーリー　ニキビ？　ニキビのこと考えたの、いま？
アウグスト　ああ。
ユーリー　信じられない。
アウグスト　どうしようもないよ。いつもバカなことしか考えないんだ。
ユーリー　彼はニキビのことを考えてます。
アウグスト　誰に話してるんだ？

ユーリーは立ち上がる。

ユーリー　テント立てましょう。暗くなるわ。もうすぐ。あと三十分、そしたらまた暗くなるわよここ。いつも暗いんだものここ、冬はね。

場面転換。
二と同じ場面。ただし暗い。私たちの前には弱い光の当たったテント。
その前にアウグストが立って、空をながめている。

アウグスト　あそこにさっき何かあったよ、空に。
ユーリー　（オフで）何？
アウグスト　何か光があった。空に。

ユーリーはテントから出てくる。

ユーリー　どこよ？

アウグスト　そこいらじゅう。ほんとに明るかった。ほんのちょっとの間。
ユーリー　光？
アウグスト　うん。
ユーリー　そこいらじゅう？
アウグスト　うん。
ユーリー　悟りの光ってやつ？
アウグスト　うん。わかんないけど。こう立っててね、そうして上を見たんだ、星が見えるかなって。そしたら見えたんだよ。突然。
ユーリー　それで？
アウグスト　それでって？　気味悪かったよ。
ユーリー　あなたに何て言ったの、その光？
アウグスト　君バカっぽいよ。
ユーリー　まじめな話？
アウグスト　うん。デカかった。
――

ユーリー　うん、じゃあね。寒いわ。（またテントの中に消える）

大きな光のヴェールが夜空の上をゆらめく。

アウグスト　あそこ！　あそこ！　あそこにまた出た！　デカい！　見えるかい？　あそこ。

ユーリーは出てくる。

ユーリー　オーロラ！　あれオーロラよ！　……ビデオ！

ユーリーはテントに戻る。彼女はビデオカメラを持ってまた出てきて、この魅惑的な現象を撮影する。

ユーリー　待って！　やった。撮ったわ。オーロラ……

アウグスト　見たことあるかい？　こういうの？

ユーリー　ううん。一度も。
アウグスト　ここで育ったんだろ、この近くで。
ユーリー　ここだとオーロラが見えるのは五十年に一度なの。だからぜんぜんよ、実はね。
アウグスト　そりゃ珍しいね。
ユーリー　オーロラが出るようなところじゃないのよ。見た人なんて、このあたりじゃ、誰も知らないわ。南すぎるのよ。

光はまた薄れていく。

アウグスト　消えた。

ユーリーはアウグストのほうを向く。

ユーリー　なんか言って。
アウグスト　オーロラってどのくらい大きいんだろ？

――

アウグスト　まあいいや。ただ さ、どのくらいの大きさなのかな？　すごく大きく見える。でもあんなに大きかったらだよ、見えたまんまにさ、あの光、どっからでも見えるはずだろ。どうして誰にもオーロラが見えないんだ？　君はオーロラを見た人を知らないし、ぼくも知らない。ねえ、世界の半分は月が見えるんだよ、同時に。だからオーロラがあんなに大きいんなら、見えたまんまにね、そしたらやっぱり世界の半分に見えてるはずだよ。もうちょっと少ないか。でもかなりたくさんの人が。じゃないかい？

ユーリーはビデオカメラのスイッチを切る。

ユーリー　あなたかわいい。

アウグスト　見せて。見せて、何か映ってるか。ひょっとしたらこういう光はぜんぜん撮れないのかもしれない！

アウグストはテープを巻き戻す。

アウグスト　ひょっとしたらオーロラはとても小さいのかもしれない。幻覚みたいで、誰とも話せないような。ひょっとしたらぼくらの前にだけキラキラしてるんだ。ホームビデオみたいに。プライベートの。

アウグストはテープを再生する。二人がビデオカメラのコントロール画面を見ているあいだ、彼らの後ろの空には同じ光景がもう一度流れる。

アウグスト　これだ！
ユーリー　そんな小さいって感じじゃないわ。
アウグスト　でも同じじゃないよね、ビデオだと。
ユーリー　なんか邪魔してるみたい。この世界の外から。
アウグスト　何だかいちばんきれいなものだ、今までずっと、見てきた中で。想像してみて、ぼくらが洞窟の原始人か何かだって。
ユーリー　だったらズボンにおもらししちゃうくらいに怯えちゃうでしょうね、何かの神さまがあたしたちの襟首をつかもうとしてるって。

アウグスト　うん。ズボンはいてたっけ、洞窟の原始人って？

ユーリー　知らないわ。でも襟首があったのは確かよ。

アウグスト　わかんないけど。それからさ、彼らには神さまがいたと思う？

ユーリー　もちろん。オーロラがそれよ。五十年ごとに、オーロラの形をした神さまがやってきて、彼らにちょっとウィンクするの。そんなふうに励まされて、また五十年がんばってくのよ。

アウグスト　洞窟の中で。

ユーリー　そう。

ユーリーとアウグストの後ろの映像がオーロラからアウグストのほうへとパンする。もう一度「オーロラってどのくらい大きいんだろ?」と言っているアウグストが見える。

ユーリー　オーロラってどのくらい大きいんだろ。すごい。

アウグスト 完全にバカみたいに見えるよ。完全にフェイクだ。

ビデオカメラ、オフ。夜空。

ユーリー あたしあなたにひどいことした。

アウグスト え？

ユーリー ごめん。あたしあなたにひどいことした、今日。信じちゃダメよ、あたしが言うこと、とくに自殺する直前はね。そんな瞬間は誰も素直じゃないの。

アウグスト そうかな？

ユーリー そうよ。あたしあなたが好き。

ユーリーはアウグストのこめかみにやさしくキスする。

アウグスト 何でこんなことしたんだい？

ユーリー そんな気分だったの。

アウグスト　やわらかい唇だね。
ユーリー　ねえ……あたしを信じて。
アウグスト　ぼくも君が好きだ。

ユーリーはアウグストからビデオカメラを取って、彼を撮影する。アウグストのアップが映像で見える。

ユーリー　もう一度言って。
アウグスト　何？
ユーリー　さっき言ったことよ、もう一度言って。
アウグスト　ダメだよ。
ユーリー　そうじゃなかったでしょ、さっきのは。
アウグスト　もう一度は言えない。
ユーリー　もう二度と？
アウグスト　貸して。

アウグストはビデオカメラを取ってユーリーを撮影する。

ユーリー 聞いて。もうそんなに時間がないわ。あとサンドイッチが四つくらいとビールが十缶。とにかく、音楽とタバコで春までもつわけない。そうしてすぐ明日。そうして明日はおしまい。そういうことがもうわかってなきゃいけないのよ、ここで。だから全部どうだっていい。あなたはとても不快に振る舞ったっていい、どうだっていい、あなたは大人しくしてる必要はないの、いい？　そんなことここじゃ誰も期待してない。ひどいことを言ったってやったっていい。この景色の前でマスをかいたっていい、それもどうだっていい。世界にあるかぎりの言葉を言ったっていい。していいのよ、したいこと。言葉を繰り返したってそうしなくたっていい。逆立ちしたっていい。だからね、あたしがお願いするときは、つまりね、あたしが何かをお願いするときは、何か無邪気なことよ、そのときはもう頼むからやってよ、じゃないと頭がおかしくなるわ。それとも何かするって考えがあったら、やってよ、あなたも。だって楽しいでしょ、何かするっていうの。しないっていうより、ずっと楽しいわよ。考えるのはアウト。考えることができるのは、時間があるときよ。でもあたしたちには時間がない。

アウグスト　オーライ？

ユーリー　オーライ。

アウグスト　ね、時間はあとで永遠にあるわ、考えるためのね。

ユーリー　そうかい？

そうよ。もしもこの、あたしたちの中で考えているもの、これが精神なら、それから精神が永遠のものなら、みんなが言うようにね、そうだったらあたしたちには考えるための時間が論理的に言って永遠にあるってことよ。でもそれと比べると、何かするためには少ししか時間がないわ。だからね、あなたがあたしに何かお願いするときには、あたしはそうしてあげる。

――

ユーリー　あたしあなたが好き。わかってる？

アウグスト　うん。ぼくも好きだよ。

ユーリー　待って、貸して。

ユーリーはビデオカメラを取ってアウグストを撮影する。

ユーリー いま何て言った？

アウグスト 知らないよ。

ユーリー あたしたちオーライって取り決めしたわよね、今ちょうど？

アウグスト うん。

ユーリー で？

アウグスト 何だい？

ユーリー で、あなた何か言ったでしょ、さっき？　さあ！　言ってよ。

アウグスト 命令されて何か言うのはいやだ。

ユーリー いいわ。じゃあ何か別のこと言って。何か新しいこと。早く。あたしたち今ここで練習するのよ。ほら、楽にして。考えることはアウト。何か言って！　感情を、さあ！　あなたの本能を信じてよ。三秒で何か感情的なこと言わなかったら、あたし飛び降りる。一、二、三。

アウグスト ハイル・ヒトラー！

——

ユーリー　あなたバカじゃないの？

アウグスト　何だよ？

ユーリー　超バカだったわよ、今の、ここで。

アウグスト　出てきちゃったんだよ。ストレスかけるもんだから。

ユーリー　ほんとに的外れだったわよ、今の。超恥ずかしい。

アウグスト　誰も聞いてないだろ。君言ったじゃないか、何でもいいって。

ユーリー　でもあれはダメ。

アウグスト　とにかくぼくは君の命を救ったんだろ。

ユーリー　何かもっと気のきいたことはストックにないの？

——

アウグスト　どうしてビデオカメラ持ってきたんだい？

ユーリー　別に。だって、そうしたかったのよ、これが何かを、何かが残るように……今ここにあるの、今ここにある。

アウグスト　君と寝たい。

ユーリー　何でそんなこと言うの？
アウグスト　君言ったじゃない、したいこと、言ってくれって。
ユーリー　ゴムある？
アウグスト　いいや。
ユーリー　彼はゴム持ってません。
アウグスト　何のためにだよ？
ユーリー　ママ、彼はゴムなしであたしと寝たいんだって、彼そうしてもいいのかしら？　ダメダメダメ。ダメよ、あたし子供はつくらないわ、そこからすぐ飛び降りるんだから。心配しないで。病気？　違うわ、それもすぐバイバイ、病気だってバイバイよ。

――

ユーリー　何よ？
アウグスト　別に。
ユーリー　何か問題？
アウグスト　え？
ユーリー　あたしの冗談は問題？

アウグスト　いいや。
ユーリー　うん……じゃあ、あたしテントの中で元気出すわ。
アウグスト　うん。
ユーリー　「うん……」
アウグスト　うん。

彼らはビデオカメラを持って、弱く照らされたテントの中に消え、入り口を閉じる。私たちには彼らの声が聞こえる。その音量は上げられている。

ユーリー　（オフで）あなた震えてる。
アウグスト　（オフで）寒いんだよ。
ユーリー　（オフで）そんな震えてたら、何にもなんないわよ。そこのそれ消して。貸してよ。
消して。消えてる？

ビデオの画面上で私たちにはテントの中のアウグストとユーリーが見える。画面が揺れる。ユーリーはビデオカメラを取って脇へ置こうとしている様子。画面は少しのあいだ消え、また現れる。私たちには何か粗くて色とりどりのものが見える。ひょっとすると何かの衣類のアップ。

ユーリー （オフで）あたしたち息しなきゃ。息してる？

アウグスト （オフで）君大事な人いる？

ユーリー （オフで）大事な人？

アウグスト （オフで）ボーイフレンド。

ユーリー （オフで）あなたかわいい。何か別のこと聞いて。

アウグスト （オフで）何だい、誰かいるのかい？

画面が不意に動く。突然二人が画面に現れる。

ユーリー それより、どうするのが好きか聞いて。

アウグスト どうするのが好きなんだい？

ユーリー 後ろに手をついてする騎乗位よ。
アウグスト それで彼はどうするの？
ユーリー ねえ、彼としたいんなら、ここにいるのは間違いよ。
アウグスト 誰とさ？
ユーリー あたしが知ってるわけないでしょ？　ずっとその誰かのことばっかり。
アウグスト それを知りたいんだよ。
ユーリー ヤキモチとかそういうの？
アウグスト 違うよ。
ユーリー あたしだったらそこですぐに全部おしまいよ。それってサイテー。サイテーよ、崖っぷちのテントの中に座ってヤキモチ焼いてる場面なんて。浅すぎるわよ、あなたの呼吸。それじゃ全然あったかくなんないわよ。何？
アウグスト 何って、なに？
ユーリー あなたまだ震えてる。
アウグスト 寒いんだよ。
ユーリー こっち来て。

アウグストはユーリーに近寄って座る。

ユーリー　あなた震えてる。

アウグスト　君もだ。

ユーリー　しっかり抱いて。

――

ユーリー　ねえ、世界の終わりが来るのって夜だと思う？

アウグスト　いや。夜明けだよ。

ユーリー　あの映画やっぱり知ってるんでしょ？

アウグスト　どの映画？

ユーリー　『理由なき反抗』。

アウグスト　いや。

ユーリー　こんな場面があるのよ、終わりの直前、プレイトオが尋ねるの、そういう名前なんだけどね、他の二人よりもずっと若いの、ちょっと子供みたいなの、いい？　二人が両親みたい、恋人同士なんだけどね、それで彼が聞くのよ、ジェームス・ディーンが演じてる役にね、こう聞くの、世界の終わりが来るのは夜なのかって。

アウグスト うんそれで？

ユーリー それでジェームス・ディーンが言うの。「いや。夜明けだよ」って。

アウグスト 天才だね、そいつは。

ユーリー 台本に書いてあるのよ。

アウグスト そのことだよ。

ユーリー そいつって誰？

アウグスト そいつだよ、台本を書いたやつ。

ユーリー ひょっとしたらどっかからパクったのよ、今あなたがパクったみたいに。

アウグスト パクってなんかないよ。

ユーリー あなたあの映画観たのよね。

アウグスト うん。

ユーリー それで、ナタリー・ウッドが誰かってことも知ってるんでしょ？

アウグスト うん。

ユーリー じゃあただ、知らないふりしてたの？
アウグスト うん。
ユーリー それであたしはそれを信じたってこと？
アウグスト ひょっとして君も信じたふりしてたんじゃない？
ユーリー かもしれない。
アウグスト かもしれない。
――

彼らは短くキスをする。

ユーリー いいわ。でもどう。あたしたちが今やっちゃう、裸であれこれする、そんなことはそんなに想像してなかったでしょ……
アウグスト 想像はしてたよ。
ユーリー そう。でもしなくてもよかったのよね、そうじゃない？
アウグスト もちろん。しなきゃいけないってことはないよ。でももうちょっと想像をたくましくしてもいいんじゃないかな。
ユーリー　うん。それはいいかも。
アウグスト　じゃあぼくは今きみの上着の下に手をもぐりこませようとする。
ユーリー　そしたらあたしも手をあなたに近づけるわ。そうね、あなたの太ももの内側に。
アウグスト　ずいぶん早いんだね。
ユーリー　うん。
アウグスト　そしたらぼくは刺激されちゃう。
ユーリー　刺激される？
アウグスト　うん、それとも何ていうのかな？
ユーリー　知らないわ。あたしそんな言葉使わないもの。
アウグスト　興奮しちゃう。
ユーリー　そうなの？　あたしが手をそこにやったら？
アウグスト　うん、そりゃそうさ。そしたらぼくは、たぶんぼくの手で、ぼくの体を支えてないほうの手で、その手できみの髪に触る、それから首すじに。
ユーリー　そしたらあたしは手を、こう行ったり来たりさせるわ、たぶん。

アウグスト　そしたらぼくはもう、手をブラジャーのほうに進めようとする、あんまり露骨じゃなくね。

ユーリー　どんな風に?

アウグスト　ええっとねえ。こう脇の下に沿ってさ。そこでぼくの手の関節がたぶん君の胸に触れる、下におりていくとき。

ユーリー　そうね、たぶん。あたしの手はたぶんその瞬間あなたの太ももから離れてあなたの顔に触れるわ、そしてさするの。

アウグスト　それはたぶんぼくを勇気づけてくれる。それから少し君のお尻のあたりをさわる、手でね、それから背中に触れる。

ユーリー　そしたらあたしはあなたの首すじにキスする。

アウグスト　その間ぼくはずっと何も言わない。でも震えてる。

ユーリー　うん。あたしも。

アウグスト　ぼくはすっかり興奮してるだろうな、だってぼくらはそれからすぐ……

ユーリー　あたしはあなたがどんな匂いなのか嗅いでみる。それからまたあなたを見つめる。それから考える、この人はすごく素敵だって。

アウグスト　いや、待って、それ考えるのはぼくだよ。それはぼくが考えるんだ。

アウグストはテントから出てくる。ビデオ画面にはまだテントの中の二人が見える。アウグストは観客に向かってひとりごとを言う。

アウグスト　ぼくはこう考える、この女の子はぼくをテントの中でどうしようっていうんだろう、この最高のメス猫は？　彼女はとてもきれいで、そしてほかの点でも非の打ち所がない。それに比べたらぼくはただのぼくでしかない。彼女は変わってる、ぼくとイチャイチャするなんて。ひょっとしたら彼女は狂ってる。そうしてぼくは突然、どんな敬意もかなぐり捨てそうになる。これは何かとんでもない間違いだ。何かがヘンだ。取り違え。彼女はこう思ってる、ぼくはぼくじゃないって、でもそれがぼくなんだ。これは彼女に言ったらだめだ、さもないとチャンスをふいにしてしまうだろう。

ユーリーもテントから出てくる。後ろの映像はまるで何事もないかのように流れつづける。彼女はアウグストの隣に立つ。彼女もずっと観客のほうを向いている。

アウグスト　ぼくは今とても注意深くしてなきゃならない、ごく当たり前に見えるように、彼女みたいな女性がぼくに興味を持ってるってことがね。ひとつのテントの中でだ。まるでぼくにはこんなことが何度も起きるんだって顔をする。そして自分にこう言いきかせてるあいだ、ぼくは君の胸の上に手を走らせながら君にキスするんだ、どっかのカッコつけた俳優が映画の中でするみたいにね、だってできるだけクールにしてなきゃいけないし、それに思いつかないからね、こんな状況で、自然にふるまうってことがどんなことなのか。

ユーリー　だからたぶん両手を胸の上にすべらせて……

アウグスト　そう。

ユーリー　そう。

アウグスト　そう。そしてぼくは君にキスをする、うんと長く芸術的なキスをしてから言うんだ、柔らかい唇だねって。

ユーリー　そしたらあたしはこのキスが終わらないでほしいと思う、すべてが、今までのあたしのすべてがあたしの中でぼろぼろに砕けて崩れおちはじめて、それであなたのための場所がどんどんできるの、あたしの中に。でもあなたが中に入るのはまだイヤ、まだそうしたくない、だって恥ずかしいから、バラバラなのよ、あたしの中は、そこにはまだたくさん、はっきりしてないことがある、でもこのキスはどんどん長くなる、するとあたしは何だかもうわからなくなる、あたしが誰なのか、そんな感じで、しっかりとあたしは舌をからめて、一瞬思うの、これでいいんだって、これでおしまいだって、あたしたち生き残るんだって、わかる？　全部生き残るの。

少し彼らの後ろのビデオ画面に映っているものがもはやテントの中の現実と噛み合うはずがないと思えてくる。ユーリーが呼び起こす映像がだんだんと私たちの目の前で現実のものになる。これ以降は一種の「対話」がスクリーンと舞台とのあいだで起こり、二つの空間はたがいに流れ込みあうように見える。

ユーリー　死が終わるってこと、そしてあたしたちが一つの場所にいること、あたしたちの場所、家、シーツの下、家にいることができるってこと、死が終わる、あたしたちは外へ出られる、外は全部ふつう、死は終わってる、わかる？　何も死に対して動こうとしてない、全部がただ、そこにあるだけ、頭の中であたしは外の通りに出る、キスがあんまり長いから、通りに出るの、そこは夜、あたしはあなたを連れて通りを抜ける、あたしたちはタクシーを停めて乗って、それからまたあなたの太ももにしっかりと触れる、だってこんなに堅いから。

アウグスト もちろん他のこともその間にいくつか起こる。

ユーリー 見て、明かり。町の明かり。

明かりが猛スピードで通り過ぎる。

アウグスト うん。

ユーリー あたしたちにはタクシーの中で愛し合うのが一番なんだわ、公の場で、だってあたしたちそこで知り合ったんだから、あのとき。

アウグスト うん、でも今回は違う。ぼくは君の服をね、脱がしはじめるんだ。まず上着とシャツ。

ユーリー そしたら手助けするわ、早くすむように。バカみたいにあなたのシャツをぐいぐい引っ張ってね、脱がそうとするの。それからあたしたちは並んで横たわるかもね、そしたらあたしはもちろん言うの、寒いわって。

アウグスト そしたらぼくは君の上に横たわるよ、半分横になる感じでね、君の肌はほんとにとても冷たくって、ぼくもそう、でも一緒だととにかくあったかいはずだ、なんとなくね。ぼくは君にうんとキスをする。ぼくの手、空いているほうの手（だってもう片方は君の下にはさまってるからね、それでもかまわないってふりをするけど）その別の手でぼくは君の太ももを触りつくすんだ、君がぼくにそうしたようにね、だってぼくは知ってるんだから、これが彼女は好きだってこと、これを彼女はぼくにもしてくれた、そしてこれは気持ちよかった。

ユーリー するとあたしはゆっくり両脚をひろげるわ、あなたにわかるようにね、ＯＫだってこと、そしたらあなたの手がもうちょっと上のほうに行くの。あたしたちの付き合いは長くないからそうしないとわからない。

アウグスト うん。するとぼくの手は上のほうに行く。でもジーンズ越しだと何だか感じないから、とにかく上のほうを荒々しくキスしつづけて、ズボンを開ける。

ユーリー するとあたしはあなたから身をよじって離れるわ、服を全部脱ぐためにね。そして全部脱ぐ。あなたはあたしを抱きしめて、あたしたちは温め合う。小さなコーヒースプーンみたいに横たわって、しっかり抱き合ってる。テントの覆いを見ると、風にひるがえっていて、あたしたちは砂漠にいるみたい、ベドウィンが二人、あたしはあなたの胸を背中に感じてる。あなた毛は生えてる？

アウグスト　え？

ユーリー　胸に？

アウグスト　いいや。

ユーリー　よかった。

アウグスト　ぼくは君をおさえて腰で行ったり来たりして、でもそうしながらね、興奮をおさえようともする。

ユーリー　するといつかあたしは欲望のすべてに負ける、それはどこまでも広がってる。そして手足を高く上げて叫ぶの、「あたしを奪って、さあ奪って、あたしを奪って」……

アウグスト　マジで？

ユーリー　だめかしら。

アウグスト　まあねえ。そしたらぼくはひとりごとを言うよ、彼女はすっかり我を忘れてる、この猫は、そしてぼくは……する。

ユーリー　どうやって？

アウグスト　ぼくは……君を……ぼくは、ええっとねえ。

ユーリー　あたしの腰をおさえる。

アウグスト　うん。片手でね。もう片方で君の背中を行ったり来たりする。

ユーリー　するとあたしはあなたを探す、お尻をあなたに押しつけて、感じるの、あなたがあたしの中に入るのを。最初はゆっくり、それからだんだん激しく。で、あたしの息は突かれるたびに速くなる。

――

アウグスト　ぼくは君を愛するよ。

ユーリー　ファックするって意味でしょ。あたしたち頭がくらくらするくらいファックするんだわ。

アウグスト　違う、ぼくは君を愛するんだ。

ユーリー　ファックじゃ何だか退屈ってこと？

アウグスト　違うよ。

ユーリー　じゃあ、惚れてしまうってこと。

アウグスト うん。

ユーリー やるだけやってから、甘いことばを言うわけ？

アウグスト そう。

ユーリー それなら、あたしをどう呼ぶの？

アウグスト カエル。

ユーリー カエル。

アウグスト ああ、どうかな。いや、猫だな。たぶん。

ユーリー 猫、そう？　動物が好きってわけ？

アウグスト じゃなかったらベイビーだ。

ユーリー もちろん、ベイビーもよね……

アウグスト 何だよ？

ユーリー あたし幸せ。

アウグスト ぼくも。

ユーリー 明日あたしたち死ぬわ。

アウグスト うん。

ユーリー　あたしほんとに幸せ。
アウグスト　ぼくもだ。
ユーリー　さあ来て。

ユーリーはアウグストの手を取る。彼らはまたテントの中に消える。

ユーリー　（オフで）音楽かけて！　そこの音楽！　何だっけ、さっきかけようとしてたの？　何だっけ、さっきかけようとしてたの？　貸して。

ユーリーはＣＤをかける。

アウグスト　（オフで）違う、その先。もっと先。四曲目。それ。キングスメン★22の「デス・オヴ・アン・エンジェル」。
アウグスト　（オフで）オルガン。すごい。ほんと古くさい。聴いててわかる？　昔の音楽だよ、これ。トラッシュだ。トラッシュって呼んだんだよ。パンクだったんだ、パンクの二十年も前にね。ほんとのパンク。つまりね、パンクはやつらをまねたんだ。ノーフューチャー★[23]のやつなんか、全部完全にフェイクだ。ほんとさ。つまりね、ひょっとしたらトラッシュもフェイクかもしれない。でもそんなことどうでもいいね。ねえ、この曲完璧だよ。やつらはわかってたんだ。何もかも。やつらはオーロラを見て、それから、それが消えたとき、あのソングをつくったんだよ、「My baby's gone, and left me here to stay」。

ユーリー　(オフで)面白い……

場面転換。

二と同じ光景。夜明け。アウグストはテントから這い出てくる。彼はビデオカメラを持って、断崖のほうへと歩いていく。彼は立ちどまる。それからパノラマを撮影し、断崖のほうへとゆっくりパンして、最後に下のほうをズームアップする。それからビデオカメラの電源を切る。ユーリーもテントから出てきてアウグストの隣に立つ。やや寝不足のようで、これからパーティーに出かけるような服を着ている。上品なワンピースとハイヒール。

ユーリー 何だか今日は暗黒の日ね。

アウグスト けさ、うつらうつらしてたときにね、夢を見たんだよ、ぼくは泉の淵にいて、断崖の端っこに立ってるんだ、すべてが始まった場所、そしてぼくは混沌が創造されるのを見てる。

——

ユーリー さあ、あたしたち終わりにしましょ。

アウグスト 君が先。

アウグストは数歩断崖から退き、ビデオカメラをユーリーに向ける。

ユーリー 待って。もう撮ってる？

アウグスト うん。

ユーリー だめ。待って。一度消して。

アウグストはテープを巻き戻す。

アウグスト　ＯＫ。

ユーリー　ハロー母さん、ハロー父さん……クソ。これじゃ何にもならない、もう一度消して。

アウグスト　ＯＫ。

ビデオカメラが回る。

ユーリー　準備できた？　ハロー母さん、ハロー父さん、ハローおばあちゃん、ハロー、ルーネ。見てのとおり、あたしここにいるわ、この場所……何？

アウグスト　「準備できた？」っていうの、入っててほしい？

ユーリー　もちろんダメよ。

アウグスト　じゃあもう一度。待って。

ユーリー　スタートは、あたしがＯＫって言ったあとね。ＯＫ？　――ＯＫ。……ハロー母さん、ハロー父さん、ハローおばあちゃん、ハロー、ルーネ。うん……見てのとおり、あたしここにいるわ、あたしたちが一度一緒に来た場所、あたしがまだ小さかったとき、でね、父さん、あたしの足を押さえててくれた、下が見られるようにって、あの断崖、父さん心配したから、あたしが落ちるんじゃないかって……

アウグスト どうした？

ユーリー 消して。

アウグスト どうしたの？

ユーリー 何でもない。あたし……見せて、どんな感じ？

アウグスト 全部？

ユーリー ううん、最後のとこだけ。

アウグストはテープを巻き戻す。画面上ではユーリーが次のように言うのが見える。「父さん、あたしの足を押さえてくれた、下が見られるようにって、あの断崖、父さん心配したから、あたしが落ちるんじゃないかって……」

ユーリー これ何だかクソね。

アウグスト　どうかな、わりといいテイクだと思ったよ。

ユーリー　完全にもったいぶってるわよ。じゃない？

アウグスト　どうかな。何か特別だろ、ここ。続けてよ、違うバージョンをつくったっていいよ。

ユーリー　ＯＫ。そこから続けてくれる？　「落ちるんじゃないかって」のあと？

アウグスト　うん、待って……ＯＫ。

ユーリー　ＯＫって言うのは、あたしだからね。

アウグスト　ＯＫ。

ユーリー　ＯＫ……あたしが今日ここにいるのはね、やり直したいからなの。あたしは今日そこから飛び降りる。ということは、あたしほんとはもう死んでるの。（笑いを隠そうとする）これをみんなに言ってる、この瞬間、あたしは死んでる。（笑う）変な想像、変だってみんな信じていいわよ。（ますます笑う）でもみんなもう知ってる。だってそうじゃなかったらみんなはこのビデオを……ええと……クソ、話がわかんなくなっちゃったわ。

アウグスト　いったん消すよ、いい？

ユーリー　ダメ！　どうして？

アウグスト　だって笑ってたのが……

ユーリー　あれがひょっとするといいのよ、そうよ！　何だか慰めになるのよ、ひょっとしたら。そういうのがひょっとしたらすごく大事なのよ。

アウグスト　でもちょっと変じゃないかな、違う？

ユーリー　変？

アウグスト　ちょっとだけど。

ユーリー　かまわないわ。続けて。

アウグスト　じゃあもうちょっと笑わなきゃ、今ね、「コンティニュイティー」を考えたら。

ユーリー　どんな「コンティニュイティー」よ？

アウグスト　つながり方だよ。

ユーリー　だってこれワンカットよ！

アウグスト　うん、でもこのカットのあとには続きがあるだろ。それじゃあ先に行くよ、ストップしたところから。

ユーリー　ダメ。もうちょっと先から先に行くの。だからあたし今もう笑わない。ストップしちゃだめよ。ＯＫ？　あたしがストップするから。ＯＫ？

アウグスト　ＯＫ。

ユーリー　ＯＫ……

アウグスト　カメラ回ってるよ。
――

ユーリー　あとにはもう何もない。
――

ユーリー　あとにはもう何もない。あとは終わり。始まりのあとにはもう何もない。
――

ユーリー　聞いてる？
――

ユーリー　スイッチ切って。

アウグスト　何だよ？　超よかったよ、今の。あの静けさ。もっと間《ま》を入れたらいいよ、超うまく入ってた。

ビデオカメラ、オフ。

ユーリー　「カメラ回ってるよ」は無し。「ＯＫ」のあとに「カメラ回ってるよ」は無しよ。ＯＫのあとはあたし。

アウグスト　ぼく何か言った?

ユーリー　ええ。「カメラ回ってるよ」って言ったわよ。でもそんなの誰だってわかるでしょ、回ってるって、「カメラ回ってるよ」なんて聞こえなくていいの。

アウグスト　そんな細かいことにこだわるなよ。

ユーリー　あたしここで毎日自殺してるわけじゃないのよ、バカ。あたしはね、これがいい仕上がりになってほしいの。

アウグスト　ＯＫ。

ユーリー　ＯＫ。

ビデオカメラが回る。

ユーリー　ちょっとコマーシャルで中断しようね。Shop till you drop, motherfuckers!　そう、それからあたしたちまた、ライブになって、二人の若くて無邪気な中流階級のヨーロッパ型の人間が自由な人生から独断で身を投げる……ＯＫ。さあ、いいわよ……ＯＫ。

——

アウグスト 何だよ？

ユーリー あたしＯＫって言ったわ。だから今カメラが回るってこと。

アウグスト とっくに回ってるよ。

ユーリー とっくに回ってる。じゃあ……あたしね、こうは見えたくないの、自分のしてることがわからない、ってふうにはね。あたしはとてもよくわかってる。それを証言してくれる誰かさんもいるわ。カメラの後ろの人、彼はアウグスト、あたしの一番の友だち。あたしは彼を愛してる。とても強く。ちょっと顔出して。

アウグストはビデオカメラを少し自分の顔に向けてニカッと笑う。

ユーリー そう、ルーネ、彼がアウグスト。きっと思ってるわよね、「やっぱり敗北者だ」って。でもこれは大成功よ、敗北者でいられるっていうのは。よく考えてみて。大成功なのよ、何者かでいられるっていうのは。で、アウグストは超敗北者。笑わないで。あたしはそれだから彼を愛してる。彼に何かの不幸が起きてほしくない。だから一緒に飛び降りる。手に手をとって、あたしたちは離れないの、下まで。

アウグスト　ちょっと待って……

ビデオカメラ、オフ。

ユーリー　何？

アウグスト　わかんないけどさ、お互いちょっと離れてるほうがいいんじゃない？

ユーリー　え？

アウグスト　何て言うかな。わかんないけど。そのルーネって人、彼のことぼく知らないし、わかんないよ、ぼくが彼に何か言い残したいかどうかは。ぼくが敗北者だとか何とか。わかんないけど。

ユーリー　それはあたしと彼との間のこと。あなたが一般的に敗北者だって言ってるんじゃないわ。これはルーネとあたしとの間だけのこと。あたしたち別々のカセットつくったっていいのよ。

アウグスト うん、でもそれはどうでもいいんだ。ぼくが言いたいのは、君が自殺するってことと、ぼくとは実際、何の関係もないってこと、つまり内容的に見て……

ユーリー あたしこれとにかく最後まで言いたいんだけど。

アウグスト わかった。でもそれならもう一つぼくなしのヴァージョンをつくってくれよ、OK？

ユーリー あなたがそうしたいんならいいわよ。じゃあ。OK。どこまでだったかしら？

アウグスト あたしたちは離れないの、下まで。

ユーリー そう。それよ。何言ってんの？「ぼくなしのヴァージョン」？　あなたなしのヴァージョンなんてないわ。さあ続けましょ。じゃあ。OK。……

ビデオカメラ、オン。

ユーリー うん。これ、いつもあたしの夢だったの、みんなわかってね。あたし、いつも大好きな人と死のうと思ってた。同時に。相手が逝っちゃう、なんてことを体験しないですむようにね。だからあたしはいつもみんなと一緒に死ぬってことしか想像できなかった。ピクニックのとき。みんな一緒に。「隕石衝突、一家死亡。クレーターはサッカースタジアムの大きさ。」あたしたちの誰かが、他のみんなよりも先に死ぬってこと、それがぜんぜん想像できなかった。うん。いま、あたしは先に行く。ごめんね。そういうことなの。ねえ、パパ、パパがあのとき、足を押さえててくれた、あれはいい感じだったわ。必要なときには、みんないつもあたしにいい感じをくれた。とてもいい両親だったわ、こんなことってない。だってほんとにいつも、あたしの足を押さえてくれたから、みんな、友だちに仲間たち……あたし、世界のどんな断崖だって見下ろすことができたし、怖がる必要がなかった。みんながいてくれたから。それで、それであたしはみんなに感謝してる、素晴らしい人生だったからね、みんなに感謝するわ。あたし全部を見た、この世界全部をあたしの中に呑み込んだ。あるものは全部手に入れた。全部持ってる、欲しかったもの、全部をいつも手に入れた。手の届かないものは一つもなかった。どこへでも行った、残りは映画で見た、フエゴ島★24に行った、土地の人のところで日の出を見た、ビッグマックを食べてからプラダで買い物して、その逆もした、あたし愛されてた、求められてた、あたしヨットに乗れる、ゴルフができる、情報学が得意だったわ、パソコンのゲームを開発したのよ、儲かったわ、全部やった、楽しいこと、タトゥーもあるんだ、ここ……あたし世界中の全種類の麻薬を試したけど、体をこわしたことなかった、男の子たちと遊び呆けた、ブラッド・ピットと一晩過ごしたわ、特別楽しくはなかったけどね、でも面白かったわよ、社会学的に見ればね、あれはあのとき、一人でニューヨークに飛んでいかせてくれたときよ、ルーネ、ルーネ、彼が同じ飛行機にいたの、ごめんね。あたし大恋愛した、あなたとよ、ルーネ、今でも愛してる。たとえあなたが勝利者になってもね。気をつけて。そう、誰にも自分の時間がある。要するに、みんなはあたしに世界を提供してくれた、あたし全部もらって、全部また吐き出したの、口に入れるとすぐにね。だって一つのものが次のものの可能性を埋め合わすなんてことは絶対にないから。あたしの人生……つまりあたしの過去、これはだいたい未来からできているけど、未来はどうにもならなかった。ずっと長いこと、一つだけわからなかった……ずっと長いことわからなかった、道は一つしかないってことが、すべてを手に入れるためにはね。つまり何も求めないこと。すべてを手に入れるただ一つの方法は、何も求めないこと。それで思うんだけど……あたしもうおなかが空いてない。もう十分、だから何も求めないの。欲しいのは無、こんなに無が欲しかったことなんて今まで全然なかった。みんなが理解できるかどうか、わからないけど。とにかく、みんなの誰ひとり、あたしに無を与えられない、これを誰もあたしに与えられない、あたし以外には。そうね、欲しいのは一つだけ、美しい死が欲しい。それからみんなにさよならを言いたかったんだ、みんなをうんと強く抱きしめて慰めてこう言いたかった、全部うまくいくから……だってあたしみんなに……だってみんな……だってあたし……だって……ねえちょっと消して……

ビデオカメラ、オフ。

——

ユーリー　あたしそもそも完全なバカよね、気がついたわ。
アウグスト　なんで?
ユーリー　あたしここで自分のことばっかりしゃべってる……
アウグスト　まあねえ……最後ってことだからさ。
ユーリー　それにくだらないことも。こんなのダメよ。こんなのできないわ。もう一度新しいカセット入れて。

アウグストは新しいカセットを装塡する。

アウグスト　そうでもないと思うよ。悪くなかったよ。とにかくぼくは君のことをずっとよく理解できるようになった。君が自殺したいこととか全部。わかるよ。マジで。

ユーリー　完全にナンセンスだったわよ。全部もう手に入れたとか何とか。あたしの足をこの世界のみんなが押さえててくれたとかね、断崖が見られるようにって。あんなクソ。すっごいバカげてる。プロパガンダ。

アウグスト　うん。とにかくさ、要するに。

ユーリー　もう一回。

アウグストはユーリーを撮影する。

ユーリー　ハローみんな。もう一度あたしよ……うん。みんなをどうこう非難するためにいるわけじゃないのよ、ここに。そんなことするのは、まだ生きることに未練がある人だけ。あたしはただバイバイを言いたかっただけ。うん、それにみんなにとっては何てことないのよ、だって、あたしにもみんなと同じくらい、たくさんの弱点や欠点があるってことが、前にもうわかってたら、そのときに自殺してたわ。ね？　そう考えてみるとずいぶん長くかかったわよね。うん。じゃあ……

——

アウグスト　スイッチ消したよ。

ユーリー　あたし終わったわ。

アウグスト　うん。わからなかったよ、こんなに短かったんだな。

ユーリー　クソだったわ。あなたの番よ。

アウグストはユーリーにビデオカメラを渡す。

アウグスト　ええと待って、わかんないんだけどさ、できるかどうか、そんなに短く。

ユーリー　準備いいわよ。

アウグスト　じゃあスタート。

ビデオカメラが回る。

アウグスト　ハロー。みんな。元気だね。もう一度ぼくだよ……ぼく……ええと……ぼくはいつも何かの一部になりたいって思ってた、人生の、物語の、でもそれだけじゃなくて……クソ。ゴメン。うん。ぼくは物心ついてから、何かをしでかそうなんて、思ったことがなかった、いいかい？　一度だって、この世界の何かの原因になる必要を感じなかった。もしかしたら、何か言いたい言葉があるのかもしれない、だけど今は何も思いつかない。いや。弱虫。ぼくは弱虫だ。たぶん。ぼくのただ一つの勇気は、今まで自殺しなかったってこと。ぼくはいつも不安の中で生きてきた、不幸に不意打ちされるっていう不安の中で。これがぼくの時間にかなりの毒を流してきた。そうだ。だから今日ぼくは自分の運命の先手を打ってあの下へ飛び降りるんだ、不幸の中へ、不幸がぼくにふりかかるより先に。そうだ。じゃあ……みんなには何てことないよ、ね。ひょっとしたら幸福なんだ、この不幸は。ああそうだ、それから魚にエサをやるの忘れないでね。うん。バイバイ。

ビデオカメラ、オフ。

ユーリー 魚飼ってるの？

アウグスト うん。ほんとは持ってきたかったんだけど。でも考えたんだ、飛行機だからね……それに、海の魚だし。

ユーリー 下にあるのは海水よ。

アウグスト マジで？

ユーリー あれはフィヨルドよ。

アウグスト うん。クソ、だったら。エサやってくれるといいんだけどな。見せて、どんなふうか、ちょっと見たいよ。考えてみなくちゃ、自分が両親ならこれをどう見るか。

アウグストはビデオカメラのテープを巻き戻す。撮影したものがもういちど見聞きされる。二人は魅入られたようにビデオカメラの小さなモニターを見つめる。

ユーリー　……そのときに自殺してたわ。ね？　そう考えてみるとずいぶん長くかかったわよね。うん。じゃあ。バイバイ……

アウグスト　ハロー。みんな。元気だね。もう一度ぼくだよ……ぼく……ええと……ぼくはいつも何かの一部になりたいって思ってた、人生の、物語の、でも……

アウグストはビデオカメラをオフにする。

アウグスト　なんかが違う。なんか超フェイクに聞こえるよ。こんなことできない。あのさ、ぼくは一生こんなウソのために生きていくんじゃないと思うんだ。こんなのとにかくありえないよ、ここにこういうの残すっていうの。こんなフェイク。

ユーリー　もう一度やり直さなきゃね。あたし催眠術にかかったみたいに突っ立ってた。

アウグスト　ぼくはしゃべってばっかりだ……わかんないけど。

ユーリー　まあねえ。それもそうね。でもあたしもあんなふうに見えてるんだ、あーあ。

アウグスト　あれは普通だよ。

ユーリー　え？
アウグスト　ううんとねえ、起きたばっかりみたいな。
ユーリー　とにかくあまりにウツっぽいのよ。何だかヘンな宗教の信者みたい。これは避けたいわ。あたしがイカれてた、とかみんなが言うのはね。ねえ、弱虫なんて言うの、バカげてるわ。
アウグスト　まあねえ……
ユーリー　どうしてそんなこと言うの？
アウグスト　みんなをなぐさめるためだよ。弱虫がくたばるんなら、何かのなぐさめになる、って思ったんだ。
ユーリー　みんなにほんとのこと言いたくないの？　何かをフェイクするんじゃなくて？　ねえ、言うなら今よ！　それにあたし弱虫と飛び降りたくなんかないわ。
アウグスト　わかった。わかったよ。あれはクソだった。
——

ビデオカメラが回る。ユーリーは超カジュアルにしている。

ユーリー　ハローみんな。あたしはもうたくさん。みんなにわかりっこないわ、だからダラダラおしゃべりはしない。バイバイ。

――

ビデオカメラ、オフ。

アウグスト　よかったよ。短くってさ。

ユーリー　もう一度。

ビデオカメラが回る。

ユーリー　ハローお母さん、お父さん、お父さんのことはまたあとで……

――

ユーリー　ダメ。こんな始まり方じゃない。待って、待って。回したままにして。大好きなママ、大好きなパパ。あたしアウグストとここにいるの、アウグストはあたしの新しいボーイフレンド。愛し合ってるの。

――

ユーリー ファック。ほんとに。ファック。うまくできないわ。ねえ、あなたやってみてよ。

ユーリーはビデオカメラを引き継ぐ。

アウグスト うん、待って。じゃあ。OK。ハロー。ゴメン、みんなをこんなに苦しませて。でもぼくほんとは、みんなのことなんか全然考えてなかった。みんなのことなんて、ぼくには、もうすぐやってくる瞬間にはまったくどうでもよかった。それが真実なんだ

……

――

アウグスト もうすぐやってくる瞬間にみんなのことがぼくにとってどうでもいいかどうかなんて、どうしたらわかるってんだ？　待って、もう一回……OK？

――

アウグスト ハロー。みんなわかってないだろ、ぼくがぼくである、ってどういうことか。言って

やるよ、それはクソさ。ちっともまともなお別れの言葉が吐き出せないよ、いま。絶望的になる、だからもう行くよ……バイバイ。

ビデオカメラ、オフ。

ユーリー　ねえマジじゃないわよね、それ。

アウグスト　少なくとも真実だろ。どうだかな。待って、今いいよ。

ユーリー　ＯＫ。

アウグスト　大好きな母さん、大好きな父さん、大好きな兄さん[★25]大好きなみんな。要するに……冷静に検討してみたけど、理性を失わないなんて、ムリだ。じゃあまた……

ビデオカメラ、オフ。

ユーリー　どうなのかな……あたしたちひょっとしたらカメラをそこに置いて、その前に立って、ちょっと何か言ってから行っちゃえばいいのかもよ。

――

アウグスト　うん。

ユーリーはビデオカメラを置いて撮影モードにする。二人はその前に立って手をつなぐ。

ユーリー　あたし、みんなを愛してる。

アウグスト　ぼくもだ。

彼らは手をつないで断崖のほうへ歩いていく。断崖の端の直前で、

ユーリー　これ、もったいぶってるわよ。

アウグスト　なんだか、ね。

ユーリー　それにさっきのが全部まだ残ってるわ。

アウグスト　うん。

アウグストはビデオカメラをまたオフにする。

アウグスト もしかして音楽があってもいいんじゃない？

ユーリー 音楽？

アウグスト わかんないけど、バックミュージック。背景に？

ユーリー 待って、いいの持ってきた。いつもなぐさめられてたんだ、悲しいときは。

ユーリーはテントからゲットーブラスターをテントから持ってくる。

ユーリー ほんと言うとね、すべてを手に入れたりなんかしてなかった。ほんと言うとね。わかんないけど。もうどんな言葉も信じられない、なんだか。昨晩のオーロラ。あたし、今まで一度もオーロラ見たことなかった。クソ。ねえ、きのう飛び降りてたら、完全に見逃してたわよね、あんなバカな光。全然見たことなかった。そこ。待って。そこ。六曲目。準備いい？

アウグスト　うん。

ユーリー　ＯＫ、流して。

ビデオカメラが回る。ユーリーはＣＤを入れて音楽を流す（ビル・フリーゼルの「エッグ・ラジオ」）★26。彼女は何か言おうとして、長いことビデオカメラに見入り、しまいにはただ泣く。歌は流れ続ける。ユーリーはゲットーブラスターを止める。

ユーリー　ごめん。

アウグスト　もう一回いくかい？

ユーリー　ううん。あたし、ダメだと思う。そんなに難しくないはずなのにね、お別れするのって。

アウグスト　もう一回ぼくにやらせてよ。

彼はユーリーにビデオカメラを渡す。

アウグスト　ＯＫ？

ユーリーはうなずく。アウグストは考え込んで、

アウグスト　もしも死が何か恐ろしいものだっていうなら、それはそうかもしれないんだけど、どうしてなんだろう、生きるのをやめちゃった友だちのことをしばらくして思い出すと、みんな幸せなヤツに思えてくるのは？

アウグスト　――

アウグスト　生きることはぼくにとって、毎日毎日あらためて解決しなきゃならない問題なんだ。もし自分のいちばん深いところにある本能に従えば朝から晩まで、助けを求めて叫んでるだろうな。

アウグスト　――

だからぼくの抱えてるあらゆる矛盾の原因は、生きることを、好きだと思っている以上に好きになるのと同時に、ほとんど切れ目なしに、自分ははじき出されて見捨てられた存在だって感じつづけるのが、不可能だってことにある。

アウグスト　――ぼくは何年も自分の中だけで生きてきて不幸だった。[★27] でも今日は、今日のぼくは幸せだ。ひょっとしたらほんとの幸せなんて、自分自身が必要でなくなるっていう認識の中にしかないのかもしれない。
――

ビデオカメラ、オフ。ユーリーは感激している。

ユーリー　アーメン。天才的だわ！
アウグスト　クソ……
ユーリー　あなた詩人よ。どっからそんな言葉が出てくるわけ？

アウグストはテントから本を取り出してくる。

ユーリー　本物って感じ。もう感動しちゃった。

アウグスト　いや。パクったのさ。
ユーリー　そんなことどうでもいいじゃない、でしょ？
アウグスト　どうだかな。
ユーリー　これこのままでいいわ。
アウグスト　つまり、これでおしまい？
ユーリー　うん。ダメ？
アウグスト　ダメだよ。あれはパクったんだ、入れられない。何か自分の言葉を言いたいんだよ。
ユーリー　ＯＫ。でもさっきみたいにしなきゃだめよ、考え込んで。あれ超カッコよかったから。
アウグスト　何かしなきゃだめ？
ユーリー　そうよ。さっきのは完全に説得力があるって思った。
アウグスト　つまり、何かフェイクをやらなきゃだめだって？
ユーリー　そうみたい。
アウグスト　説得力をもたせるために？
ユーリー　そう見えるのよ、あたしからだと。
アウグスト　ほんとに？

ユーリー　そう言ってるじゃない。
アウグスト　フェイクをやらなきゃダメ？
ユーリー　さっきのがフェイクなら、そうよ、やらなきゃダメ。
アウグスト　あれはフェイクだ。完全にフェイクだった。
ユーリー　でも本物に見えたわ。
アウグスト　だけどもしあれが……あれはフェイクだったんだよ！
ユーリー　それで？　フェイクはいつもフェイクである必要なんて全然ないわ。フェイクが完全にほんとだってこともあるのよ、ときどきは。
アウグスト　フェイクがほんとだってこともある？
ユーリー　そうよ。フェイクっていうのは、存在しないってただそれだけのこと。それがフェイク。
アウグスト　君はそう思うんだね。
ユーリー　あたしはそう思うわ。
アウグスト　フェイクっていうのは、存在しないってだけのこと。
ユーリー　そう。

アウグスト でも存在しないってことは、完全な無ってことだ。

ユーリー そう。

アウグスト じゃあ何ひとつフェイクじゃない。

ユーリー そう。

アウグスト じゃあすべてを真面目にとらなきゃならないってことか、ここで？　いきなり？

ユーリー そうみたいね。（笑う）

アウグスト 冗談言ってんだろ。

ユーリー ううん。今のは冗談じゃない。今のはそうじゃないわ。（笑う）

アウグスト すべてを真面目にとれっていうんだな、ここで？

ユーリー あなた震えてる。

アウグスト うん。怖いんだよ。

ユーリー どうして？

アウグスト 未来のせいさ。

ユーリー どの未来よ？

アウグスト ぼくの未来だよ。わかんないけど。ぼくの未来が怖かったことなんて今まで一度もなかった、わかってたからね、いつでも自殺できるって。わかるかい？　でも今は……

ユーリー　でも今は？

アウグスト　いきなり確信がなくなったんだ……まだ自殺できるかどうか。わかるかい？

――

ユーリー　スタート。

アウグスト　ＯＫ。

ビデオカメラが回る。

アウグスト　やあ、みんな。今日ぼくはノルウェーにいる。みんなには、マッツのところに週末泊まりに行くよって言ったけど、あれはウソ。さもないと行かせてくれなかっただろうからね。だからみんなにはすごいウソをついた。ここにいるユーリーが飛行機代を出してくれた。うん。その甲斐はあったよ。ぼくら、もうすぐこの下へ飛び降りるんだ……たぶん、これが、ぼくらがここにいる理由。いなくなるため。でもそうでなくたってほんとに来た甲斐があったよ、だってここにいた短い時間、ほんとによかったから。つまりね、ぼくはここではっきり生きてるって感じがしたんだよ、そもそも。ええと、そもそも初めて、かもしれない。きのうの晩にぼくらはオーロラを見た。撮影したんだ。みんなも見られるよ。あれは素晴らしい、でっかい光だった。ほとんど空の全部を覆ってた。それでみんなのことを考えた、それから、どうしてこの光を見られないのかってこともね、みんなのうちでさ、だってこんなに大きいんだから。実際、そいつはビデオだとずっと小さくて、そして暗く見える。何だか霧を通してるように見える。これはほんとに体験しておかなきゃダメだよ。絶対におすすめ。ここにいるユーリーだってまだ一度も見たことがなかったんだ。ぼくらバカみたいに突っ立ってた。そう。これ、みんな一度は見るべきだよ。でもとても珍しいんだよ、ってユーリーが言ってる。そう。そうそれで……　ユーリーはいい友だちなんだ。ユーリー。ぼく……彼女は……ええとぼくは……そもそも……うん。ええとそもそもしたかったのは……そもそもみんなに言いたかったんだ、どうしてぼくが、これからしようとすることをするのか、でも……正直言って、それがわからなくなった。見当もつかない。ごめん。

ビデオカメラ、オフ。

アウグスト　君わかる?

ユーリー　ううん。

アウグスト　そうか、じゃあ。

ユーリー　うん。

――

アウグスト　ちょっと待って。

アウグストはテープを全部カバンにしまって断崖のほうに行く。ユーリーは彼の隣に立っている。彼らは見つめあう。アウグストはカバンを下に投げ落とす。彼らはそれを目で追う。

――

ユーリー　ひっかかってるよ。

アウグスト　――
ひょっとしたら、さっき幸せがぼくたちにぶつかってきてたんだよ、ぼくたちそんなにすぐには立ち直れないだろうな。

ユーリー　――
ここもういいわ。

アウグスト　そうだね。

二人、去る。

終

訳注

★1―ビーチボーイズの一九六六年のヒット曲「Wouldn't It Be Nice（邦題「素敵じゃないか」）」(Brian Wilson/ Tony Asher)。引用された歌詞の訳は次のとおり（対訳は中川五郎、The Beach Boys: Pet Sounds, 1990 より）。「もっと歳をとったら素敵だろうな／そうすりゃこんなに長く待たなくても済むよ／一緒に暮らせたら素敵だろうな／2人だけのものだよと言える世界でね／／うんとうんと／素晴らしいだろうなあ／おやすみと言った後も／2人で一緒にいられるなんて／／素敵だろうな目をさましたら／朝になっていて2人の新しい1日が始まる／1日をまるまる一緒に過ごした後も／夜通し2人で／ぴったり寄り添っているんだ／／2人一緒に／僕ら幸せな時を過ごす／ひとつひとつのキスが永遠に続くんだ／素敵だろうな／2人で一生懸命になって考えたりお願いしたり／望みをたくしたりお祈りしたりすれば／実現するかも知れないよ／そうすりゃ2人にできないことは／何ひとつとしてない／僕ら結婚してしあわせになるんだ／たまらなく素敵じゃないか／／こんなことを喋れば喋るほど／今すぐそうしたくてたまらなくなっちゃうね／でもどんどん喋ろう／素敵だろうな／おやすみベイビー／ぐっすり眠るんだよ」

★2―ナース・ウィズ・ウーンド（Nurse with Wound）はイギリスのロックグループ。一九七八年結成。

★3―電子メールで書かれる笑顔の印「:-)」を指すものと思われる。

★4―原語は「todsicher」。形容詞を強調するさい、口語ではしばしば、名詞「Tod（死）」から派生した接頭辞「tod-」が使われる。

★5―原文は「wir sind unter uns」で、直訳すれば「私たちは私たちの中にいる」。この場合の「unter」は「～の下に（英語の under）」とも「～の中に（英語の among）」ともとれる。

★6—不完全な文。次の文も同様。

★7—原語は「rumchillen」で、もとになる動詞は「chillen」。英語の「chill」からの外来語で、ぼおっとした状態で静かに流れるままになっていること。

★8—ナタリー・ウッド（Natalie Wood, 1938－81）はハリウッド映画女優。『理由なき反抗』（一九五五年、ジェームス・ディーンと共演）、ミュージカル映画『ウェストサイド物語』（一九六一年）などに出演。映画撮影中のボート転覆事故で水死した（享年四十三歳）。

★9—『理由なき反抗』のドイツ語題は「Denn sie wissen nicht, was sie tun（彼らは自分たちが何をしているか知らないから）」。

★10—意味は「でたらめじゃないのね？」

★11—原文は「auf dass ich ewig im Leben schmore」で、本来なら「auf dass ich ewig in der Hölle schmore（ずっと地獄の業火に焼かれ続ける）」と表現するはずのところ。

★12—意味は「ついてきて」。

★13—ユーリー（Julie）と一字違いで発音はほぼ同じのユーリ(Juli)はドイツ語で「七月」、アウグスト（August）は「八月」の意味。

★14—ユーリ（七月）が夏の月であることから。

★15—原語は「chillen」および「chill-out」。前者はぼおっとした状態で静かに流れるままになっていること（前出、★7参照）、後者はすべての物事がそうなっている状態（たとえば踊り明かしたあとに休む店の静かな雰囲気）。

★16—オナニーか。

★17―観客から俳優の姿が見えないということ。

★18―ネズミの一種。ヨーロッパ、アメリカ北部におり、ときに大発生して集団で移動する。

★19―大型のラジカセ。ラジカセを肩にかついで大音量で音楽を聴く聴き方が始まったのはこのゲットーブラスターが登場してから。

★20―弟の可能性もあり。

★21―原文では「フゥ（huh）」で、怖いときや寒いときに口にする間投詞。

★22―キングスメン（Kingsmen）はアメリカの五人組のバンド。一九六三年、「ルイ・ルイ（Louie Louie）」でデビュー。「デス・オヴ・アン・エンジェル（Death of an Angel）」は四曲目のシングル（一九六四年）で、セカンドアルバムの最後の曲。

★23―『ノーフューチャー（No Future）』はパンクバンド、セックス・ピストルズのドキュメンタリー映画。

★24―南米大陸南端の島。

★25―弟の可能性もあり（前出、★20参照）。

★26―ビル・フリーゼル（Bill Frisell）はアメリカのジャズギタリスト（一九五一年生）。『エッグ・ラジオ（egg radio）』はアルバム『カルテット（Quartett）』（一九九六年）の六曲目。

★27―「自分の中だけで生きる」は原文では「unter mir leben」で、これは冒頭のユーリーの台詞「あたしたちは仲間ってこと（wir sind unter uns, 直訳「私たちは私たちの中にいる」）」と対応している（★5参照）。

訳者解題

nor/way/to/day

萩原　健

イーゴル・バウアージーマは一九六四年にプラハで生まれた。父はチェコ人、母はロシア人である。六八年、彼が四歳のときに家族はプラハの春の後に展開された弾圧を逃れて亡命し、スイスの首都ベルンへ移る。以来、バウアージーマはスイスで育ち、スイス最大の都市ツューリヒで建築を学ぶ。八九年からは建築家・音楽家・映像作家・劇作家・演出家として活動、約三年に一本のペースで映画を制作するのと並行して、九三年、俳優パスカル・ウリ、アレクサンダー・ザイプト、イングリッド・ザッテスと四人でフリーの演劇グループ「オフ・オフ・ビューネ（Off Off-Bühne＝オフ・オフ舞台）」を結成、ツューリヒのゲスナーアレー劇場（Theaterhaus Gessnerallee）で年一回の上演を行い、同グループのためにこれまで九作を執筆している（うち八作は自身の演出）。九八年、グループは『Forever Godard（フォーエヴァー・ゴダール）』（一九九八年二月十八日初演、ゲスナーアレー劇場）でドイツ西部ノルトライン・ヴェストファーレン州の演劇祭「インパルス（Impulse）」に参加し、フリーの劇団に与えられる年間最優秀作品賞「インパルス'98」を受賞。これがおそらく、同州の州都デュッセルドルフの市立劇場、デュッセルドルフ劇場（Düsseldorfer Schauspielhaus）の劇場監督、アンナ・バドラ（Anna Badora）の目にとまり、委嘱作品『ノルウェイ・トゥデイ』の成立につながったものと思われる。

バウアージーマにとって初めての市立劇場での、また初めての国外での発表作品『ノルウェイ.トゥデイ』は、二〇〇〇年十一月十五日の初演後、翌シーズンのシーズン二〇〇一／〇二（二〇〇一年秋〜〇二年夏）にドイツ語圏の二十九劇場で上演され、フランスの作家ヤスミナ・レザ（Yasmina Reza）作の『Kunst（アート）』と並んで上演劇場数一位を記録、そして次のシーズン二〇〇二／〇三（二〇〇二年秋〜〇三年夏）でもなお二十八劇場で上演され、同シーズンの上演劇場数単独一位を記録した（『ディー・ドイチェ・ビューネ（Die Deutsche Bühne＝ドイツ語圏の舞台）』誌二〇〇三年七月号および二〇〇四年七月号より）。また同作品は二〇〇一年のミュールハイム演劇祭（Mühlheimer Theatertage）で観客賞（Publikumspreis）を受賞、さらに同年バウアージーマはこの作品で『テアーター・ホイテ（Theater heute＝今日の演劇）』誌の年間最優秀若手劇作家に選ばれた。作品はこれまでに十六ヶ国語に翻訳され、百以上のドイツ国内外の劇場で上演されている。

『ノルウェイ.トゥデイ』のこの大成功を機に、バウアージーマは全ドイツ語圏へ活動を展開、現在はドイツとオーストリアでの仕事が主で、スイスでの活動はほぼなくなっている。主な劇作品・演出作品は次のとおりである（日付は初演日、特に記載のないものはバウアージーマ自身の演出）。

二〇〇一年十月十三日　『Launischer Sommer（気むずかしい夏）』（デュッセルドルフ劇場、ヴラディスラフ・ヴァンクラ（Vladislav Vancura）作の小説の翻案および演出）
二〇〇一年十二月十二日　『Factory（ファクトリー）』（ゲスナーアレー劇場、ダニエル・レーデマッハー（Daniel Redemacher）演出）
二〇〇二年二月二十三日　『Futur de luxe（フューチャー・デ・ラックス）』（ハノーファー、ハノーファー劇場（Schauspielhannover）、レジャン・デヴィーニュ（Réjane Desvignes）と共同で制作した物語にもとづく。ハノーファー劇場委嘱作品）
二〇〇二年六月一日　『Tattoo（タトゥー）』（デュッセルドルフ劇場、デヴィーニュとの合作）
二〇〇二年九月　ニール・ラビュート（Neil LaBute）作『Das Maß der Dinge』演出（原題は『The Shape of Things』で、同名の映画の邦題は『彼氏がステキになったワケ』。ザルツブルク・フェスティヴァル、同フェスティヴァルとの共同制作）
二〇〇三年　『Film（映画）』（ハノーファー劇場、ゲオルク・ビュヒナー（Georg Büchner）作『Dantons Tod（ダントンの死）』にもとづくデヴィーニュとの合作）
二〇〇三年十一月　『69』（デュッセルドルフ劇場）

二〇〇四年二月二十七日　『Bélénice de Morière（モリエールのベレニス）』（ウィーン、アカデミー劇場（Akademietheater）、デヴィーニュとの合作）

それではバウアージーマのその出世作、『ノルウェイ．トゥデイ』についてくわしく見ていこう。物語の素材となったのは実際に起きた事件である。二〇〇〇年二月、二十四歳のノルウェー人青年がインターネットで心中相手を探し、十日後、オーストリア人の若い女性と連れ立って、ノルウェー随一の観光地、高さ六百メートルのプレケストーレンの絶壁から飛び降りた。この事件を報じた『シュピーゲル（Der Spiegel）』誌の記事に触発されたバウアージーマは、まさにこの絶壁を作品の舞台として選んだ。生きることに疲れた二人の若者の最後の時間を追跡しようと、いわゆる自殺サイトをリサーチした彼は、そこに書かれていることには愕然とするしかなく、サイトのすべてが人を死へと追いやるためにあり、まるで不気味な流れの中にいるように感じたという。

こうして生まれた二人の登場人物、いわゆるウェブ世代のユーリーとアウグストは、ヴァーチャルな世界に通じている一方、自分たち自身の生が本当のものではないと感じている。〈本当の〉感覚を求める二人は、死にあこがれ、自殺サイトで知り合い、やがて心中を決意し、テントと食糧、ビデオカメラを持参してノルウェーのフィヨルドの上にやってくる。チャットルームのヴァーチャルな世界から、雪の降る北ヨーロッパの現実世界へ。デジタルの世界を離れて、崖っ淵、凍てつく世界の果てへ。時は静かに止まっている。死を恐れないユーリーと、まだためらい、彼女の突飛な言動に戸惑うばかりのアウグスト。だがまもなく力関係は逆転する。ユーリーが足をすべらせて崖の淵にぶら下がり、アウグストに助けを求めると、彼女にだんだんと死が現実のものとして感じられ、デジタルな世界の覆いがゆっくりと外れていくのだが、一方のアウグストはといえば、一転、人が変わったように、崖にぶら下がるユーリーをじらし、もてあそぶ。

やがて巨大なオーロラが夜空にきらめく。それはまるで、二人にとっての世界の終わり、言ってみれば、何か〈本当の〉ものを最後に見て飛び降りるには格好の契機のように見える。だがそれは同時に、二人にとって何かの始まりでもある。その何かとは、彼らを再び生へとつなぎとめるもの、愛と呼んでもいいものかもしれない。二人は、死に対する不安と、他者と関わることで形づくられていく未来に対する不安との間を揺れ動く。

そんな二人の心理の描写に大きな役割を果たしているのが、作品中で活用される映像である。ユーリーがオーロラを絶対に撮影したいと思うそのときから、とどめるべきものを集めるということによって未来への可能性が開かれる。彼女の考えは友人と家族にあてたビデオレターを残すというアイディアに発展し、二人はいい出来上がりのビデオレターをつくろうとして、いろいろなヴァージョンができる。だが、いい出来上がりのビデオレターをつくるためには演技をしなければならない。演技をする、つまり、フェイクをつくるときに、〈本当の〉ことである死を考えることなどできない。二人は死ぬことの意味を見失う。かといって、生き続けることを望む理由もまだ見出してはいない。ユーリーの、「フェイクはいつもフェイクである必要なんて全然ないわ。フェイクが完全にほんとだってこともあるのよ、ときどき」という言葉が、突然、生に対する不安の肯定に、そして、生の絶対的な肯定になる。「こんなフェイクな場所からはイージーに出てってやる」とはじめ言っていたアウグストは、それが不可能だということを認めて、彼とユーリーにぶつかってきた、そしてぶつかられたあとは「そんなにすぐには立ち直れない」という幸せを感じ取る。そして、彼ら自身の代わりに、使いみちのなくなったビデオレターが奈落へと落とされる。が、それも途中でひっかかり、宙ぶらりんのまま。それはまさに彼らの、生と死の間、現実と非現実の間で宙ぶらりんになっている感覚を象徴しているようだ。

このようにビデオすなわち映像が大きな役割を果たす、つまり、舞台上の俳優の演技による場面に、あらかじめ撮影された、あるいはリアルタイムで撮影される映像を介入させる作品および演出は、九五年の『Tourist Saga（トゥーリスト・サガ）』以来、オフ・オフ・ビューネの、またバウアージーマのトレードマークになっている。そしてこれはつねに、現実という概念を疑問視する彼（ら）の姿勢にもとづいている。たとえば九八年の『Forever Godard』は、舞台演出家が俳優に稽古をつける、という作品の稽古を映画監督（観客からは見えない）が俳優につける、という内容で、各場面は、つながりが見えるようになると、すぐに演出家ないし映画監督によって中断される。〈フィクション〉と〈ノンフィクション〉との間、劇中の人物の語りと、俳優がプライベートで行う語りとの間の境界すべてがあいまいになり、文学や演劇、映画、またその中で形づくられるフィクションの物語こそが現実だ、という印象が作り出される。そして、何が俳優の演技で、何が俳優の本来の姿かを見極める観客の目は不確かになる。いつ俳優は演じているのか？　いつ彼らは彼ら自身でいるのか？　こう観客は問わざるを得なくなる。演技をすることと、実際にその人であること。フェイクと現実。このテーマはそのまま、「潜在的な可能性、そして操作の可能性、そうしたことの混乱の中でどの感覚が本当のものなのかを認識するという問題についての、素晴らしい戯曲」（フランクフルター・ルントシャウ（Frankfurter Rundschau））と評された、『ノルウェイ・トゥデイ』のテーマにつながる。

また興味深いことに、バウアージーマは劇場監督のバドラに、二人の主人公を演じる俳優として、プライベートでも交際しているペアを望んでいる。幸いデュッセルドルフ劇場の劇団員にはちょうどそのような若いペアがおり、ヨン・フォッセ（Jon Fosse）作の『名前（Der Name）』でペア役を演じたばかりだった。バウアージーマはさらに、「抽象的に書きたくはない、これを演じる人たちとは一緒にいなければならない、少なくとも頭の中で」と言い（*Theater heute*, Nr. 1, 2001, S. 47）、オフ・オフ・ビューネでの制作方法にならって、その二人の俳優とツューリヒで週末を一緒に過ごしたという。この二人の、ほとんど「自身と役とのあいだに一ミリも距離を置かない俳優」（西部ドイツ新聞（Westdeutsche Zeitung））たちも、虚構と現実の境界を問うバウアージーマの演出に大きく寄与したと言えるだろう。また虚構と現実の間の境界を問うということとの関連では、初演の上演開始時の演出にも触れておきたい。観客が最初に目にした情景は、舞台が主人公たちの生の感覚を示すように斜めに傾き、その上が雪で覆われ、そして後ろのスクリーン上では吹雪の映像が流れており、この映像がときに乱れる、というものだった（装置：クラウス・バウマイスター（Klaus Baumeister））。劇場の内部空間全体がいわばひとつのチャットルーム、つまり観客の全員が、サイトに出入りする、自殺願望を抱いている者たちという設定で、そしてまもなく客席からアウグスト役の俳優が立ち上がり、舞台上のユーリー役の俳優のところへ行く、という始まり方だった。なお上演時間は百分だったという。

ところで、原題「norway.today」は多様な読みをゆるす掛けことばになっている（ちなみに作中ではインターネットが大きな役割を果たしているので、「.」はいわゆる「ドット」と考えたい）。この表題は第一に「こんにちのノルウェー」と読めるのはもちろんだが、一方で「Norway to die」、つまり、死ぬための場所として主人公たちが目指すノルウェー、という意味にもとれる。また主人公が二人ということを考えれば、「Norway two die」と読んでもいい。さらに、これは「no way to die」とも読むことができ、つまり「死ぬすべはない」、あるいはより解釈して、「死ぬなんてとんでもない」と読むことも可能である。だがその一方で、「no way today」、つまり「こんにちではなすすべはない」というあきらめが示されているともとれる。

さて、あらためて作品の最後の場面をみると、主人公のふたりが「ここもういいわ」「そうだね」とやりとりをした後にいったいどうなるのか、その結末は実のところ、はっきりしていない。ふたりは心中に飽きて、これから生きていくことを選ぶのか、それとも、ビデオレターという記録を残すことはやめるものの、やはり飛び降りてしまうのか——バウアージーマは結末をあえて明確にせず、読者にネット心中に対する態度表明を迫っている。『ノルウェイ・トゥデイ』はつまり、ネット心中などするな、というメッセージを発した作品とも、あるいは、もはやネット心中は止めようがない、というあきらめを示した作品ともとることができ、そして現に、数多く行われた上演では、ふたりが飛び降りないものと飛び降りるもの、両方の結びがある。

近年ネット心中が日本でも起きているのは周知のとおりである。よく耳にされるのは、乗用車の車内や密室で煉炭を燃やすというものだろう。そこではアウグストのように軽い気持ちで参加した者が、深刻に考える者に巻き込まれる形で命を落としているのかもしれない。あるいは、作中の二人のようなやりとりのあとで、一部の者が、または全員が心中を思いとどまっているのかもしれない。そのようなネット心中をテーマにした戯曲は日本語でもある。鴻上尚史作の『ハルシオン・デイズ』（二〇〇四）がそれだが、この作品の場合、登場する三人の男女には多かれ少なかれ社会的経験があるのに対し、『ノルウェイ・トゥデイ』の二人にはそれがまったくといっていいほどうかがえない。それぞれがまだ（おそらく）二十歳前後ということもあるだろう。それだけになおのこと、根拠の希薄な彼らの死への願望が、よりいっそう乾いた形で、そして不気味に感じられる。だがそれは彼らの純粋でナイーヴな考え方の裏返しとも言える。そして、それがはっきりとうかがえるからこそ『ノルウェイ・トゥデイ』は、「簡素でかつユーモアがある」（南ドイツ新聞（Süddeutsche Zeitung））と、また、「ことは確かにきわめて深刻なのだが、簡潔なジョークにあるおかしみ、また、冴えた抜け目のなさがもたらすおかしみもある（中略）メディア的に拡張した、しかし流行に乗じたものではなく、控えめで、人に近くつくられた演劇」（西部ドイツ新聞）と、好意的に受けとめられるのだろう。

ところで、このように考えをすすめてきたあとで、あらためて作品の冒頭に引かれたビーチボーイズの曲「素敵じゃないか」の歌詞を見ると、それはまるで、フェイクの世界を生きる彼らウェブ世代のはかない夢を代弁しているようで、痛切に聞こえもしないだろうか。最後にその歌詞をいま一度ここに引き、結びとしたい（対訳は中川五郎、The Beach Boys: *Pet Sounds*, 1990 より）。

もっと歳をとったら素敵だろうな
そうすりゃこんなに長く待たなくても済むよ
一緒に暮らせたら素敵だろうな
2人だけのものだよと言える世界でね

うんとうんと
素晴らしいだろうなあ
おやすみと言った後も
2人で一緒にいられるなんて

素敵だろうな目をさましたら
朝になっていて2人の新しい1日が始まる

1日をまるまる一緒に過ごした後も
夜通し2人で
ぴったり寄り添っているんだ

2人一緒に
僕ら幸せな時を過ごす
ひとつひとつのキスが永遠に続くんだ
素敵だろうな
2人で一生懸命になって考えたりお願いしたり
望みをたくしたりお祈りしたりすれば
実現するかも知れないよ
そうすりゃ2人にできないことは
何ひとつとしてない
僕ら結婚してしあわせになるんだ
たまらなく素敵じゃないか

こんなことを喋れば喋るほど
今すぐそうしたくてたまらなくなっちゃうね
でもどんどん喋ろう
素敵だろうな
おやすみベイビー
ぐっすり眠るんだよ

参考文献

Burckhardt, Barbara: Fake ist total real. Der Schweizer Autor und Regisseur Igor Bauersima spielt mit Selbstmordgedanken: «norway.today», uraufgeführt in Düsseldorf. In: *Theater heute*, Nr. 1, 2001, S. 44 – 47.

Nioduschewski, Anja: Unwirkliche Wirklichkeit. In: *Stück-Werk* 3, Arbeitsbuch 2001. Theater der Zeit und Zentrum Bundesrepublik Deutschland des Internationalen Theaterinstituts. Herausgegeben von Christel Weiler und Harald Müller, Berlin, Juli/August 2001, S. 14 – 16.

著者

イーゴル・バウアージーマ（Igor Bauersima）

1964年プラハ生まれ。1968年にスイスへ移住、ツューリヒで建築を学ぶ。89年から建築家・音楽家・映像作家・劇作家・演出家として活動。93年にフリーの劇団「オフ・オフ・ビューネ（Off Off-Bühne ＝オフ・オフ舞台）」を結成し、同グループのためにこれまで9作を執筆している（うち8作は自身の演出）。『ノルウェイ.トゥデイ』のヒット以来、デュッセルドルフ、ハノーファー、ウィーンなど、ドイツ語圏の各都市で自作を演出。

訳者

萩原健（はぎわら・けん）

一九七二年生まれ。ドイツ現代演劇、日独演劇交流史。早稲田大学演劇博物館助手。論文・翻訳に「千田是也演出『嗤ふ手紙』（一九三七）にみる映画の使用について」（二〇〇二）、エリカ・フィッシャー＝リヒテ「パフォーマティヴなもののエステティクスはなぜ必要なのか」（『舞台芸術』八号、二〇〇五）など。

ドイツ現代戯曲選30　第七巻　ノルウェイ・トゥデイ

二〇〇六年三月一〇日　初版第一刷印刷　二〇〇六年三月二〇日　初版第一刷発行

著者イーゴル・バウアージーマ⦿訳者萩原健⦿発行者森下紀夫⦿発行所論創社　東京都千代田区神田神保町二―二三　北井ビル　〒一〇一―〇〇五一　電話〇三―三二六四―五二五四　ファックス〇三―三二六四―五二三二⦿振替口座〇〇一六〇―一―一五五二六六⦿ブック・デザイン宗利淳一⦿用紙富士川洋紙店⦿印刷・製本中央精版印刷⦿ ⦿ ISBN4-8460-0593-3

ドイツ現代戯曲選 30

*1
火の顔/マリウス・フォン・マイエンブルク/新野守広訳/本体 1600 円

*2
ブレーメンの自由/ライナー・ヴェルナー・ファスビンダー/渋谷哲也訳/本体 1200 円

*3
ねずみ狩り/ペーター・トゥリーニ/寺尾 格訳/本体 1200 円

*4
エレクトロニック・シティ/ファルク・リヒター/内藤洋子訳/本体 1200 円

*5
私、フォイアーバッハ/タンクレート・ドルスト/高橋文子訳/本体 1400 円

*6
女たち。戦争。悦楽の劇/トーマス・ブラッシュ /四ツ谷亮子訳/本体 1200 円

*7
ノルウェイ.トゥデイ/イーゴル・バウアージーマ/萩原 健訳/本体 1600 円

*8
私たちは眠らない/カトリン・レグラ/植松なつみ訳/本体 1400 円

*9
汝、気にすることなかれ/エルフリーデ・イェリネク/谷川道子訳/本体 1600 円

餌食としての都市/ルネ・ポレシュ/新野守広訳

ニーチェ三部作/アイナー・シュレーフ /平田栄一朗訳

愛するとき死ぬとき/フリッツ・カーター/浅井晶子訳

私たちが互いを何も知らなかったとき/ペーター・ハントケ/鈴木仁子訳

衝動/フランツ・クサーファー・クレッツ/三輪玲子訳

ジェフ・クーンズ/ライナルト・ゲッツ/初見 基訳

★印は既刊 (本体価格は既刊本のみ)

Neue Bühne 30

文学盲者たち/マティアス・チョッケ/高橋文子訳

座長ブルスコン/トーマス・ベルンハルト/池田信雄訳

公園 /ボート・シュトラウス/寺尾 格訳

指令/ハイナー・ミュラー/谷川道子訳

長靴と靴下/ヘルベルト・アハテルンブッシュ/高橋文子訳

自由の国のイフィゲーニエ/フォルカー・ブラウン/中島裕昭訳

前と後/ローラント・シンメルプフェニヒ/大塚 直訳

バルコニーの情景/ヨーン・フォン・デュッフェル/平田栄一朗訳

終合唱/ボート・シュトラウス/初見 基訳

すばらしきアルトゥール・シュニッツラー氏の劇作による刺激的なる輪舞/
ヴェルナー・シュヴァープ/寺尾 格訳

ゴルトベルク変奏曲/ジョージ・タボーリ/新野守広訳

タトゥー/デーア・ローエル/三輪玲子訳

英雄広場/トーマス・ベルンハルト/池田信雄訳

レストハウス、あるいは女は皆そうしたもの/エルフリーデ・イェリネク/谷川道子訳

ゴミ、都市そして死/ライナー・ヴェルナー・ファスビンダー/渋谷哲也訳

論創社

Marius von Mayenburg Feuergesicht ¶ Rainer Werner Fassbinder Bremer Freiheit ¶ Peter Turrini Rozznjogd/Rattenjagd ¶ Falk Richter Electronic City ¶ Tankred Dorst Ich, Feuerbach ¶ Thomas Brasch Frauen. Krieg. Lustspiel ¶ Igor Bauersima norway.today ¶ Fritz Kater zeit zu lieben zeit zu sterben ¶ Elfriede Jelinek Macht nichts ¶ Peter Handke Die Stunde, da wir nichts voneinander wußten ¶ Einar Schleef Nietzsche Trilogie ¶ Kathrin Röggla wir schlafen nicht ¶ Rainald Goetz Jeff Koons ¶ Botho Strauß Der Park ¶ Thomas Bernhard Der Theatermacher ¶ René Pollesch Stadt als Beute ¶ Matthias

ドイツ現代戯曲選 ⑦
N e u e B ü h n e

Zschokke Die Alphabeten ¶ Franz Xaver Kroetz Der Drang ¶ John von Düffel Balkonszenen ¶ Heiner Müller Der Auftrag ¶ Herbert Achternbusch Der Stiefel und sein Socken ¶ Volker Braun Iphigenie in Freiheit ¶ Roland Schimmelpfennig Vorher/Nachher ¶ Botho Strauß Schlußchor ¶ Werner Schwab Der reizende Reigen nach dem Reigen des reizenden Herrn Arthur Schnitzler ¶ George Tabori Die Goldberg-Variationen ¶ Dea Loher Tätowierung ¶ Thomas Bernhard Heldenplatz ¶ Elfriede Jelinek Raststätte oder Sie machens alle ¶ Rainer Werner Fassbinder Der Müll, die Stadt und der Tod